「どうしてネット様が勇者パーティから外れるんですか!?」
アイリス＝インテール
「残念ながら、もう抗議した後だ」
ネット＝ワークインター

人捜し系の依頼は、
いつまでも達成されないまま
放置されることも多いのだ。
俺はそれぞれの依頼内容をざっと見て……
ポーチの中にある通信石を取り出した。
「レノバンか？
先週、お前がいる村で
二人組の男を見なかったか？」

「シャリン、悪いな、動物たちの目を貸してほしい」

「アレク。今ちょっと――」

「ルーイン公爵――」

メイル＝アクセント
レーゼ＝フォン＝アルディアラ

「ネ、ネット!?
お前!
どど、どうしてここにっ!?」
「どうするのじゃ!?
こういう時、
どうすればいいのじゃっ!?」
ルシラ=エーヌビディア

人脈チートで始める人任せ英雄譚

～国王に「腰巾着」と馬鹿にされ、
勇者パーティを追放されたので、
他国で仲間たちと冒険することにした。
勇者パーティが制御不能で
大暴れしてるらしいけど知らん～

坂石遊作
illust: Noy

Contents
もくじ

プロローグ

人脈が武器になると気づいたのは、何もかもを諦めた十五歳の時だった。

以来、俺は人脈という武器をひたすら磨き続け、自分なりに理想の人生を歩もうとした。俺の予想通り、その武器はあらゆる面で活躍し、今まで何も特筆すべき点がなかった俺に確たる強みを与えることになる。

多くの仲間とともに、様々な場所を冒険して、早三年。

自惚《うぬぼ》れているわけではないが、俺の人脈によって成し遂げられた偉業は多いはずだ。

ただ、欠点があるとすれば――。

「ネット＝ワークインター。貴様を冒険者パーティ『星屑《ほしくず》の灯火《ともしび》団《だん》』から追放する！」

俺の武器は、他人に理解されにくい。

◆

遡ること、数分前。

俺はインテール王国の王城にある、謁見の間を訪れていた。

「お呼びでしょうか、陛下」

「うむ。面を上げよ」

ゆっくりと頭を上げる。

眼前の玉座には、大柄の男が座していた。年老いて顔に皺《しわ》を刻んだ男……インテール王国の、国王陛下である。

「貴様が、冒険者パーティ『星屑の灯火団』のリーダーである、ネット＝ワークインターだな？」

「はい」

肯定すると、陛下は口を開いた。

「単刀直入に言おう。『星屑の灯火団』を、我が国の勇者パーティに任命したい」

「勇者パーティ、ですか……？」

その言葉の意味は分かる。

勇者パーティ。それは突如現れた魔王を討伐するために、世界各国が派遣している少数精鋭のチームのことである。人々はこの勇者パーティが持ち帰る成果に一喜一憂し、それが経済に影響を与えることもあった。

「昨今、魔王討伐に向けて、あらゆる国が勇者パーティを派遣している。その時流を鑑みて、我が国も一念発起し、勇者パーティを結成することにした」

陛下の説明に、俺は相槌《あいづち》を打つ。

「我々は長い時間をかけて、勇者パーティに相応《ふさわ》しい者を選定した。その結果、目を付けたのが貴様ら『星屑の灯火団』だ」

「……光栄です」

俺の知らないところで、随分と勝手に話が進んでいるものだ。

勿論《もちろん》、そんなことは言えないので唇を引き結ぶ。

「聞くところによると、随分と優秀なパーティのようだな」

「ええ。なにせ俺が世界各地を渡り歩いて集めた、自慢のメンバーが揃《そろ》っていますから」

パーティのことを褒められるのは素直に嬉《うれ》しい。

だから俺は正直に答えた。

「その自慢のメンバーは我々にとっても魅力的だ。だからどうか、『星屑の灯火団』を我が国の勇者パーティにさせてもらいたい」

なんてことはない。これは栄光を摑《つか》み取《と》るための一歩だった。

断る理由なんてあるわけがない。

「謹んで、拝命いたし――」

「――但し、貴様を除いてな」

その言葉は、すぐには理解できなかった。

「は？」

時間をかけても理解できなかったので、俺は疑問の声を発する。

すると陛下は溜息《ためいき》を吐いて説明した。

『星屑の灯火団』のメンバーは皆、優秀だ。但し貴様だけは……リーダーである貴様だけが実力不足だ。他のメンバーがS級の冒険者だというのに、貴様は辛《かろ》うじてA級を維持しているような冒険者だろう。はっきり言って邪魔なのだよ」

「いや邪魔って……リーダーは俺ですよ」

「ふん！　役職に縋《すが》り付《つ》くとは、なんとも情けない男だな！」

途端に陛下は口調を荒くする。

こちらが本性なのだろう。

「大体そのリーダーという肩書も疑わしい！　冒険者ギルドを通して、貴様らのことは調べてあるぞ！　メンバーたちの役割をそれぞれ説明してみろ！」

「ええと、メンバーは俺を含めて五人います。攻撃も防御も担当する騎士に、切り込み隊長を任せられる戦士、回復役の僧侶に、遠距離戦を得意とする魔法使い……」

「で、貴様は何だ!?」

「マネージャーです」

「いらんわ!!」

そんな馬鹿な。

騎士、戦士、僧侶、魔法使い、マネージャーは定番の構成なのに。……俺の中では。

「貴様、パーティのメンバーたちには『人脈が武器』だとほざいているようだな！　実にくだらぬ言い訳だ！　貴様はただ、誰かに守られないと何もできないだけだろう！」

「まあ……それは、そうかもしれませんが」

「言い訳していたことを認めたな。所詮、貴様はただの腰巾着だ。そんな輩《やから》に勇者パーティのリーダーは任せられん！」

陛下は憤慨した様子で告げる。

「ネット」

その時、陛下の傍《そば》に佇《たたず》んでいた男が俺の名を呼んだ。

この国の宰相だ。

「分かってくれ。魔王討伐の使命を帯びた勇者パーティは、世界中から注目されるんだ。それ故に、パーティに不釣り合いな人間が交じっていると、多くの非難を受けることになる。それは巡り巡って、インテール王国の品格に泥を塗ることになるだろう」

「……じゃあ、他の冒険者パーティに頼めばどうですか？」

「君が集めたメンバーは、他では見られないほど優秀なんだ。私も調査して驚いたよ。全能神の加護を一身に受けた騎士、飲まず食わずで永遠に戦い続けることができる戦士、死者すら蘇《よみがえ》らせることができる僧侶、賢者の勲章を三つも持つ魔法使い……一体どこで集めたんだというほどの人材ばかりだ」

そりゃあもう、本気で探したからなぁ……。

どうやらこの国の上層部たちは、意地でも『星屑の灯火団』を勇者パーティにしたいらしい。

しかし、彼らは分かっていない。

冒険者パーティ『星屑の灯火団』のメンバーは、全員、いい意味でも悪い意味でもただの人間ではないのだ。

「この際ですから、はっきり言いましょう。確かに俺は『星屑の灯火団』のリーダーですが、実際にやっていることはリーダーというより猛獣使いの方が近いんです」

「……何を言っているんだ、貴様は？」

「あのパーティは、俺が制御する前提で集めたメンバーばかりです。俺の仕事は主に渉外……彼らの戦いによる被害が外に出ないよう、事前に話し合うこと。その仕事をする者がいなくなってしまうと……」

陛下たちに向かって、俺は告げた。

「多分……後悔すると思います」

謁見の間を、沈黙が支配した。

やがて、陛下と宰相はその表情を崩し、

「ぷっ」

「くはっ！」

小さな笑い声が響く。

「そうか、そうか！　後悔か！　ならせいぜい楽しみにしておこう！　貴様が本当に優秀なら、私は後悔するかもしれんな！」

陛下は俺を嘲笑する。

「言い忘れていたが、貴様の代わりに、我が国の近衛《このえ》騎士であるユリウスをパーティに加える予定だ。奴は貴様と同い年だが、貴様と違って逸材中の逸材。貴様が抜けた穴は十分すぎるほど補えるだろう。だから何も心配する必要はない」

そう言って陛下は、見下すような目で俺を見る。

「言いたいことはもうないな？　では、改めて告げる」

勝ち誇ったような笑みを浮かべて、陛下は告げた。

「ネット＝ワークインター。貴様を冒険者パーティ『星屑の灯火団』から追放する！　……さあ、速やかに消えろ。分かっているとは思うが、勇者パーティと接触することは許さんからな」

話が全く通じない。

俺は小さく溜息を吐いて、謁見の間を後にした。

◇

「これで邪魔者は消えた。……我が国は、最強の勇者パーティを手に入れたぞ！」

「ええ、彼らが活躍すれば、あっという間に他国を出し抜けるでしょう」

喜ぶ国王に、宰相は頷《うなず》いた。

「宰相。先程のやり取り……貴様は相変わらず口が巧《うま》いな」

「陛下ほどではありませんが、あの程度の若造ならいくらでもやり込めてみせましょう」

ははは！　と二人は笑い合う。

「『星屑の灯火団』のメンバーも哀れなものだな。あのような無能な餓鬼に、いいように使われて……解き放ってやった私に感謝するがいい」

「単に人がいいのか、それとも弱みでも握られているのか。……いずれにせよ、あれほどのパーティをネット一人が独占するのはあまりにも勿体《もったい》ないことです。彼らにはきちんと国のために働いてもらいましょう」

宰相の発言に、王は満足気に頷く。

「ネットと勇者パーティの間にある繋《つな》がりは今のうちに潰しておけ。確か奴らは通信できる道具を持っていたはずだ。すぐに取り上げろ」

「承知いたしました」

宰相は深々と頭を下げ、早速、仕事に取りかかった。

謁見の間から宰相が出ていく。閉められた扉を見て、王はゆっくりと玉座にもたれ掛かった。

「くはは……魔王を討伐するのは我が国だ。私の名は、世界中の歴史に刻まれるぞ……ッ!!」

王は愉悦に浸った笑みを浮かべる。

その頭は、偉大な英雄として世界中から賞賛される自分を妄想していた。

本人は知る由もないが――数十年後、確かに王の名は歴史に刻まれる。

但しそれは英雄ではなく……最低最悪の暗君としてだった。

◆

＊＊＊＊＊＊＊＊＊＊＊＊＊＊＊＊＊＊
『星屑の灯火団』の仲間たちへ

通信が繋がらないので手紙を送る。

既に聞いているかもしれないが、皆に二つ伝えたいことがある。

まず一つ目。

この度、『星屑の灯火団』はインテール王国の国王によって勇者パーティに任命された。これからは富も名声も思いのままだろう。存分に楽しんでくれ。

……なに？　どうして他人事《ひとごと》みたいに書いてるんだって？

では説明しよう。

二つ目の伝えたいことだ。

アホな国王のせいで、俺はパーティを離脱することになった。

どうやら俺はインテール王国の勇者パーティに相応しくないらしい。俺の代わりに近衛騎士の優秀な若手が入るらしいので、これからはそいつと仲良くやってくれ。

正直、お前たちを連れて何処《どこ》かへ行ってしまおうかとも考えたが、なにせ相手は一国の王だ。下手に逆らうと面倒なことになるだろう。

それに、勇者パーティに選ばれるなんて紛れもない栄誉だ。俺一人の都合でお前たちがそれを失うことはない。……まあお前たちは、誰も栄誉なんて興味ないと思うけど。

とにかく、そういうわけだから俺はここでお別れだ。

元々一年前に結成したばかりのパーティだし、出会いが唐突なら、別れも唐突なのかもしれないな。

魔王討伐よろしく。

お前たちなら多分倒せるよ。代わりにすげー被害出そうだけど。

PS：魔王城の食堂でめっちゃ旨《うま》い饅頭《まんじゅう》が売ってるらしいから、買っといて。
＊＊＊＊＊＊＊＊＊＊＊＊＊＊＊＊＊＊＊

「うーん……」

王城の廊下にて。

俺は自分で書いた手紙の内容を、歩きながら推敲《すいこう》していた。

「『正直～』の件《くだり》はいらないか。消しとこ」

ペンで幾つか文章を消す。

手紙が完成したので、適当に折ってポケットに入れた。

「しかし、腰巾着ね。……遂《つい》にバレたかって感じだな」

髪を掻《か》きながら呟《つぶや》く。

正直――陛下が告げたことは事実だった。俺は『星屑の灯火団』における腰巾着で、優れた実力を持った冒険者たちに半ば養われていたようなものである。

少なくとも客観的に見れば、それは紛れもない真実。

そして勇者パーティとは、国の名を背負って多くの注目を浴びる組織だ。俺が外れるのも無理はないかもしれない。

「やあ、ネット」

廊下を歩いていると、誰かに声を掛けられた。

振り返ると、そこには白銀の鎧《よろい》を纏《まと》った男がいる。

「これはこれは、近衛騎士団のホープ、ユリウス殿ではないですか」

「……気色悪い口調をするな。いつも通りでいい」

本人にそう言われたので元に戻すことにする。

人がせっかく、謙《へりくだ》ってやったというのに。

「感謝しろよ、ネット？　私が機転を利かせなかったら、今頃貴様は分不相応な重荷を背負っていたぞ」

その言葉に、俺は眉根を寄せた。

「お前が俺の追放を提案したのか」

「そうだ！　貴様の追放を進言したのは、この私さっ!!　ははははっ！」

ユリウスは愉快そうに笑った。

「私は貴様が幼い頃から何をしてきたのか、よーく知っているからな。だから私だけは騙《だま》されん！　貴様は顔が広いだけで、それ以外はただの凡人だ！　いつもいつも誰かに頼ってばかりで、自分は何もしないくせに……っ！　が、学院の中間試験や、卒業試験の時も、私をいいようにこき使いやがって……っ!!」

騎士団のホープ殿は途端にプルプルと身体《からだ》を震わせた。情緒不安定なのだろうか。

ユリウスと俺は幼い頃からの付き合いである。どちらもこの国で生まれ育ったため、学院で同級生となり、そこで知り合った仲だ。

とは言え、仲がいいわけではない。

どちらかと言えば悪い方だろう。

「貴様に魔王討伐など無理だ！　しかし、私なら問題ない！　近衛騎士団の中でも歴代最高の逸材と呼ばれるこの私なら、勇者パーティを正しく導けるだろう！　そして魔王を討伐した暁には、私は姫様と結婚し……ぐふ、ぐふふ……っ！」

「……人選ミスだろこれ」

この男は昔から、あのアホ陛下の娘……つまり王女殿下に恋しており、彼女と結ばれるためだけに近衛騎士になったようなものだ。その情熱は凄《すさ》まじく、本人が口にした通り逸材と評価されるほどの実績を積み上げてきたが、根本的な動機の部分が劣情まみれの男である。

うちの国王……人を見る目がないなぁ。

自他ともに、上辺だけを気にする性格なのだろう。

「こうなってしまった以上、抵抗する気はないが……お前、ちゃんと俺の代わりにあいつらの手綱を握ってやれよ。でないと最悪、国が滅びるからな」

「はっ、何を訳の分からんことを。負け惜しみのつもりか？」

そんなつもりはないが、自信があるようなのでアドバイスも不要だと思い、俺は口を閉ざす。

その時、廊下の奥から誰かがこちらに近づいてきた。

金髪碧眼《へきがん》の、美しい顔立ちをした少女だ。

「……姫様？」

少女の正体を口にすると、ユリウスは素早く振り返り、気色悪い笑みを浮かべた。

「おお、姫様！　本日もご機嫌麗しゅ――」

「――ネット様!!」

「ぐえっ」

姫様は近づいたユリウスを弾《はじ》き飛《と》ばして俺のもとまで来た。

鳩尾《みぞおち》を押さえるユリウスを他所に、姫様は俺に迫る。

インテール王国の王女――アイリス＝インテール。

親しみのある者は、彼女のことを姫様と呼んでいた。

「どうしてネット様が勇者パーティから外れるんですか!?　意味が分かりません！　抗議しに行きましょう！」

相変わらず姫様は圧が強い。

肌が触れ合うほどの距離だ。絹の如《ごと》く滑らかなその髪からは甘い香りがする。

流石《さすが》に密着しすぎているので、少し離れようとすると、姫様はすぐに距離を詰めてきた。諦めてそのまま話すことにする。

「残念ながら、もう抗議した後だ」

溜息交じりに答えると、ユリウスが目を剝《む》いて怒った。

「き、貴様！　姫様に、なんて無礼な口の利き方を――！」

「おやめなさい、ユリウス。ネット様の口調は私がお願いしたんです」

「ぐぬ……!!」

ユリウスが悔しそうにする。

何故《なぜ》ネットは様付けで、私は呼び捨てなのですか……とでも言いたげな表情だ。

俺だって、伊達《だて》に人脈が武器と豪語していない。

姫様とは何度か交流があり、今ではこうして気軽に話せる間柄となっている。……悔やまれるべきは、陛下とも交流を持っておくべきだったということだ。

陛下に関しては、あまりいい噂《うわさ》を聞かなかったので意図的に交流を避けていたところはあるが、その判断が裏目に出てしまったのかもしれない。……いや、仮に交流があったとしてもあの口ぶりではどのみち俺を追放するつもりだったか。

「心配しなくても、『星屑の灯火団』は俺がいなくても皆自由に暴れ回り……もとい、元気にやっていくはずだ。あいつらなら本当に魔王を討伐できるかもしれない」

ちゃんと制御できればの話だが。

「だから、一緒に応援してやってくれないか？　魔王が討伐されて、世界が平和になることが一番だ。姫様もそう思うだろ？」

「それは……そうですね」

姫様は納得した様子を見せる。

「分かりました！　ネット様の言う通り、私は今の勇者パーティを応援いたします！」

良くも悪くも純粋な姫様は、簡単に説得することができた。

ふぅ、と一仕事終えたような気分になっている俺を、ユリウスは白々しい目で見る。

「貴様……相変わらず、口の巧さだけは一級品だな」

「まあな。なにせ俺の座右の銘は、他力本願。口の巧さは必須技能さ」

ユリウスは顔を顰《しか》めた。これ以上、こいつと同じ空間にいたくないとでも言いたげだ。

しかし……俺もそろそろ立ち去った方がいいかもしれない。

いつまでも王城に残っていると、面倒な輩に絡まれそうだ。

「姫様、幾つか伝言を頼んでもいいか？」

「はい！　どなたに対してですか？」

「書記長だ。この前、旅先でたまたま印刷業を営んでいる人と知り合ってな。結構、大規模な工場を持っていたから、興味がありそうなら後で俺に連絡するよう言っておいてくれ」

「承知いたしました！」

「それと枢機卿《すうききょう》に、西区の施療院へ行くよう伝えてほしい。あの人、半年前からずっと体調が悪かっただろ？　腕のいい医者を探しておいたんだ。俺の紹介と言えばすぐに診てくれる」

「必ずお伝えします！」

とりあえず、直近で俺がやるべきだったことと言えば、こんなものか。

「ふん……相変わらず貴様は、他人のことばかり考えるな」

「全部ついでに済ませた用事だけどな」

そう言って俺は、ポケットに入れていた手紙をユリウスに渡した。

「ユリウスにも頼みがある。これを『星屑の灯火団』のメンバーに渡しておいてくれ」

「なんだこれは？」

「かつての仲間たちに向けた、別れの手紙だ」

「はっ、こんなもの渡すわけがないだろう。すぐに捨ててやる」

意地の悪い笑みを浮かべてユリウスが言う。

「じゃあこれも姫様に頼むか。……あーあ、ユリウスが渡した方が楽なのになぁ」

「心配無用です！　私がネット様のために働きます！」

姫様はキラキラと目を輝かせて言った。

ユリウスの顔が憤怒《ふんぬ》に染まる。

「く、くそぉ、そういうとこだ……ッ！　貴様のそういうとこが、気に入らないんだ……ッ！」

そう言ってユリウスは、手紙を甲冑《かっちゅう》の内側に入れた。

姫様がちょっと残念そうな顔をする。

「まあ達者でやれよ。今回の件で、この国の王様や貴族は大嫌いになったけど、お前はそこまで嫌いじゃないぜ」

「私は貴様が大嫌いだ!!」

［第一章］龍と契りを結んだ国

インテール王国の王城を出た俺は、そのまま城下町を歩いていた。

行き先はもう決めている。国外だ。姫様にそれを伝えると猛反対されそうだったので、王城で話している時はあえて黙っていた。

「ここからだと……エーヌビディア王国が近いか」

港町から出ている船に乗れば、すぐにエーヌビディア王国に着く。

できるだけ早いうちに、とにかく陛下の権力が及ばない場所へ逃げたい。

なにせ『星屑の灯火団』のメンバーたちは、皆、一癖も二癖もある馬鹿ばかりである。制御さえできれば最高の成果を持ち帰ってくれるのだが、残念ながらユリウスに彼らの手綱を握ることはできないだろう。

彼らを制御できなければ――凄惨な被害が生じる。

後になってその責任を押しつけられては堪《たま》らない。

だから、とっとと外の国に逃げたいのだ。

（まあ……せっかくだし、自由を満喫するかな）

一人旅は嫌いではない。

いつも誰かと一緒にいるため、むしろ今は貴重な時間を過ごしているような気がした。

「いらっしゃーい！　最新の魔道具が売ってるよー！」

露店の方から店主の声が聞こえる。

そういえば、そろそろ魔道具を新調しておきたい。必要な分は既に持っているが、魔道具はデリケートな代物であるため、冒険など荒っぽい活動をすると、破損したり調子が悪くなったりするのだ。この辺りで新しいものに交換した方がいい。

「通信石はあるか？」

「ああ勿論だ。値は張るけどな。……一つ二万ゼニーだぜ」

高価だが、相場通りだ。

「じゃあ六つくれ」

「六つ？　……ああ、さてはお客さん、勘違いしてるな」

店主は苦笑して言った。

「通信石は一つで百人分の連絡先を登録できるんだ」

「百人分？」

「ああ。だから一つで十分足りる――」

「じゃあ八つくれ」

「……は？」

店主は目を見開いて驚いた。その様子を無視して俺は金を出す。

登録したい連絡先の数は七百十人だ。他国の通信石は、一つで百二十人分の連絡先を登録できるから、てっきり六つで足りると思っていた。

「ま、毎度あり……」

購入した通信石を腰に巻いたポーチの中に入れる。

動揺したままの店主と別れ、俺は港町へ向かった。

「さて……次は船に乗る手続きを済ませるか」

城下町と港町は近い。しかし時刻は既に正午を回っている。

多分、今日は船に乗れないだろうから宿泊することになるだろう。だったら宿を予約するためにも早めに港へ着いた方がいいと思い、俺は馬車を借りることにした。

◆

港町に着いた俺は、すぐに船の乗り場へ向かった。

「エーヌビディア王国へ行く船に乗りたいんだが、まだ席は空いているか？」

窓口に行き、新聞を読んでいる受付の男に声を掛ける。

「ああ、席は空いているが……実はちょっと問題が発生していてな。しばらくの間、乗船には制限が設けられている」

「制限？」

「エーヌビディア王国へ向かう途中の海域に、クラーケンっていう大型のモンスターが発生したんだよ。そのせいで今、船に乗っていいのは、A級以上の冒険者か、公的機関の任務で今すぐに海を渡らなくちゃいけない者に限られているんだ」

クラーケンは危険なモンスターだ。

その制限には納得するが……。

「なら問題ない。俺はA級冒険者だ」

そう言って俺は、懐に入れていた冒険者カードを取り出し、男に見せる。

冒険者カードとは、所属している冒険者ギルドで発行される身分証明書のようなものである。

そこには登録者名の他、冒険者としての等級も記されていた。

「ほぉ～……見かけによらず凄《すご》いんだな、お前」

「よく言われる」

陛下には馬鹿にされたが、A級冒険者とは本来なら十分賞賛に値する身分だ。

こういう制限を乗り越えることができるのも、A級の特権である。

「よし、席を確保しておいた。出発は三日後だから、遅れるなよ」

「ああ。……あ、ちょっと待った」

踵《きびす》を返《かえ》す寸前、俺は男に改めて声を掛けた。

「海図を見せてくれないか？　クラーケンが出る海域を知りたい」

「知ったところで意味はないと思うが……まあいいだろう。ちょっと待ってな」

しばらく待つと、男がカウンターに海図を広げる。

「ここに、クラーケンが出たみたいだ」

男が指をさして、クラーケンがいる場所を教えてくれた。

（……この海域なら、ギリギリ笛の音が届くな）

万が一のことを考え、その対策を練る。

とりあえずクラーケンが出てきてもなんとかなる算段は立てられた。

「ありがとう、助かった」

「おう。何だか知らねぇが、役に立ったならよかった」

窓口を離れた俺は、三日ほど寝泊まりするための宿を探すことにした。

港町だけあって宿は沢山ある。せっかくなので美味《おい》しい海鮮料理が出る宿にしよう。

◆

三日後。

俺は予定通り、エーヌビディア王国行きの船に乗った。

「しかし、船が着くまで一週間か……」

燦々《さんさん》と降り注ぐ陽光に瞼《まぶた》を細めていると、潮風が頬を撫《な》でた。

微《かす》かにべたついた頬を親指で撫でながら、俺はかつての仲間たちのことを思い出す。

今朝購入した新聞によると、勇者パーティは今日、王都を出発するらしい。

王都では彼らの出発を祝う盛大なパレードが催されているようだが、その喧騒《けんそう》も大海原には届かない。少し前まで俺は『星屑の灯火団』の一員として、彼らとともに過ごしていたはずだが、のんびりと船に揺られているとそうした日々が他人事のように思えてくる。

勇者パーティには、陛下が望んだ通り、俺の代わりにユリウスが加入した。

しかし、やはりあの男にメンバーの手綱が握れるとは思わないので……。

「早ければ……エーヌビディア王国に着くまでに、街が一つ潰れてるかもな」

さらば、ユリウス。

旧友の犠牲に一秒だけ黙禱《もくとう》を捧《ささ》げる。

「っと、先に連絡しておくか」

エーヌビディア王国へ着く前に、ある人物に連絡を入れたかったことを思い出した。

早速、俺は城下町で購入した通信石を起動して、その人物と通信する。

『ネットか？』

通信石から、女性の声が聞こえる。

「ああ、久しぶりだな。今、時間は大丈夫か？」

『問題ない。お前のためなら幾らでも時間を作ろう』

相変わらず忠誠心が高い。どうしてそうなったかは不明だが。

「実は今、船でエーヌビディア王国に向かっているんだ」

『ほぉ、こっちに来るのか。何の用だ？　お前のことだから、天変地異が起きる程度では驚かんぞ』

天変地異より驚くものってなんだよ……。

「ちょっと色々あってな。国を出ることにしたんだ。詳しくは会った時にでも話す」

『分かった。着いたら街を案内してやろう』

「助かる。何日滞在するかは分からないが……とりあえず収入を得る手立てが欲しい。そっちに着いたら冒険者ギルドに登録すると思うから、幾つか依頼を手伝ってくれないか？」

『お安いご用だ。ワイバーンでも狩るか？』

「お、いいね。ワイバーンの尻尾はステーキにしたら旨いからな」

などと話していると、どこからか視線を感じる。

振り返ると、そこには青い長髪をたなびかせた、若い女騎士がいた。歳《とし》は十七か十八……俺と同じくらいだろう。船旅だというのに甲冑を着込んでいるあたり、生真面目な性分が窺《うかが》える。

「それじゃあ、また」

通信を切断する。

青髪の女騎士は、ゆっくりとこちらに近づいてきた。

「すまない、通信中だったたか」

「いや、もう終わった。……何か用か？」

「用と言うほどではないが、軽く挨拶がしたくてな」

挨拶？　と首を傾《かし》げる俺に対し、彼女は姿勢を正す。

「私はメイル＝アクセント。エーヌビディア王国の騎士だ」

「ネット＝ワークインターだ。インテール王国の冒険者をやっていた」

もうあの国の冒険者として活動する気はないので、過去形で告げる。

しかしメイルは気にした様子を見せることなく、口を開いた。

「この船に乗っているということは、Ａ級の冒険者だな？　頼もしいことだ」

「頼もしい？」

「クラーケンが出るかもしれないという話は聞いているだろう？　いざという時は、背中を預ける戦友になるかもしれない。だからこうして、挨拶をしている」

「なるほど、それは殊勝な心がけだな」

礼儀正しいというか、律儀というか……。

恐らく育ちがいい人間なのだろう。その容姿は非常に整っており、肌や髪も、戦いを生業にする騎士とは思えないほど美しい。身だしなみに気を使える、良《い》い環境で過ごしている証拠だ。

「ただ、申し訳ないが、俺を戦力に数えるのはやめてくれ」

「ん？　それは何故だ？」

「俺のA級冒険者という肩書は、同じパーティの仲間たちに引っ張ってもらって、強引に手に入れたものだ。個人の実力に関しては、残念ながらE級と大して変わらない」

「……なんだそれは。詐欺ではないのか？」

「あー……よく言われる」

残念ながら本当によく言われる。

陛下やユリウスの顔が脳裏を過ぎった。

「ふん、A級冒険者が船に乗っていると聞いたから、期待していたが……ただの腰抜けだったか」

メイルは溜息交じりに告げた。

「まあいい。戦いになったら、せいぜい邪魔にならない位置で大人しくしていろ」

「そうさせてもらう。なにせ俺のモットーは他力本願だからな」

「……ふざけた奴だ。軽蔑する」

メイルは踵を返して何処かへ行ってしまった。

冗談交じりの一言のつもりだったが、どうやら空気を悪くするだけになってしまったらしい。……まあ別に冗談というわけでもないか。

「一番いいのは、クラーケンと遭遇しないことなんだがなぁ……」

そんな儚《はかな》い希望を抱いてみたが、あっさりと打ち砕かれる。

四日後。

俺たちはクラーケンと遭遇した。

◆

四日目の昼過ぎ。

突如、前方の水面が勢いよく巻き上がった。

「な、なんだ!?」

船に乗っていたエーヌビディア王国の騎士たちが、困惑する。

巻き上がった海水はそのまま大量の雨と化して船に降り注いだ。激しい水に打たれ、視界が霞《かす》む中、誰かが大声で叫ぶ。

「クラーケンが出たぞーーーーーッ!!」

それが戦いの合図となった。

船内で待機していた騎士たちが装備を整え、甲板に駆けつける。

盾を構える騎士たちの前に現れたのは、巨大なイカだった。

「あれが、クラーケンか……」

海に棲息《せいそく》するモンスターの中では有名な部類だが、そういえばまだ一度も遭遇したことがなかったと思い出す。

クラーケンは非常に危険なモンスターだが、同時に臆病でもある。相手が自分より格上だと悟るとすぐに退散するのだ。だからクラーケンと遭遇しても、対策さえ立てれば無傷でやり過ごすことができる。

「貴様、何故ここにいる」

甲板でクラーケンを眺めていると、メイルに声を掛けられた。

「邪魔にならないところで大人しくしていろと言ったはずだ。すぐに中へ戻れ」

「そうさせてもらうが……お前たちだけで対処できるのか?」

「ふっ、心配はいらん。エーヌビディア王国の騎士を舐《な》めるなよ」

そう言ってメイルはクラーケンのもとへ向かった。

クラーケンを撃退する際、大事なのは、とにかく早いうちに攻撃を当てることである。こちらが全く怯《おび》えた様子を見せずに、反撃する意志をずっと見せていると、クラーケンはやがて去る。

そのためにも、さっさと騎士たちにはクラーケンに攻撃してほしいのだが……。

「いや……どう考えても人手が足りてないだろ」

見たところ騎士たちの腕は確かだが、あの人数ではクラーケンの攻撃を捌《さば》くだけで手一杯だ。

何かトラブルでもあったのだろうか。既に陣形が崩れかけている。

「……仕方ない。呼んでおくか」

船内へ戻る前に、俺はポーチから貝の形をした笛を取り出した。

◇

クラーケンとの戦いは、想定よりも遥《はる》かに熾烈《しれつ》を極めていた。

「くっ⁉」

エーヌビディア王国の騎士メイルは、激しく揺れる甲板に体勢を崩し、床に手をつきながらクラーケンを見据える。

「このままでは、やられる……ッ‼」

クラーケンが調子に乗っている。

この船に乗っている者たちを、格下と思い始めているのだ。

どうしてこんなことになっているのか。

その理由について、メイルは付近にいた騎士へ問う。

「他の騎士たちはどうした!?　甲板に待機していた騎士はもっといたはずだろう!?」

「待機していた十人のうち、四人がクラーケンの奇襲で海に落とされました。二人は辛うじて無事ですが、現在、治療中です」

「あとの四人は!?」

「……………………船酔いでダウンしています」

足が滑りそうになった。

「な、なんて使えない連中だ……っ！」

メイルは額に手をやった。

同じ騎士とは思いたくない醜態である。

数日前、インテール王国の冒険者に「腰抜け」と言ったことを思い出した。

彼には謝罪しなくてはならない。同僚たちの方がよっぽど腰抜けだ。

「私が先陣を切る、お前たちは後に続け！」

「お、お待ちください、メイル様！　近衛騎士である貴女《あなた》が傷つけば、姫様が——ルシラ様が悲しまれます！」

「馬鹿なことを言うな！　こういう時に身体を張って戦うのが騎士の責務だろう！」

それに、このままクラーケンを撃退できなければ、自分が傷つくどころではない。船とともに、海の藻屑《もくず》と化してしまう。

メイルは覚悟を決めて、クラーケンへ接近した。

クラーケンが太い足を振り下ろす。メイルはそれを、剣を盾代わりにして防いだ。

「ぐ、ぁ……ッ!!」

本来なら大盾を持った騎士たちが集まって防ぐ一撃だ。それを単身で防いでみせたメイルの腕前は確かなものだが、負担は大きい。腕も足も痺《しび》れて動かず、掌《てのひら》から剣が落ちた。

――マズい。

完全に無防備な状態だ。今、追撃されると防げない。

これ以上、戦線を離脱する者が現れると、いよいよ敗北の線が濃厚になってしまう。

メイルは歯を食いしばり、身体の痺れを無視して動こうとした。

その直後――突如、高い笛の音が響いた。

「なんだ、今の音は……？」

何かの合図だろうか？　しかし、誰かが甲板に駆けつけてくる様子はない。

不思議に思っていると――いきなりクラーケンが悲鳴を上げた。

クラーケンの様子が急変し、甲板にいる騎士たちが訝《いぶか》しむ。

痺れが取れ、動けるようになったメイルはクラーケンに迫った。

剣を振り抜く前に、メイルは動きを止める。

クラーケンの足元……水面に、何かの影が見えた。

「あれは……人魚？」

上半身は人間、下半身は魚。それが人魚という種族の特徴である。

海底で生きる人魚たちは、自由自在に水の中を泳ぎ、その手に持った槍《やり》でクラーケンをひたすら突いていた。

「人魚が、クラーケンを攻撃している……我々に加勢しているのか？」

目の前には、そうとしか捉えられない光景が広がっていた。

だが、それは本来ならありえない光景だ。

「そんな馬鹿な……人魚は人間を嫌っているはずだ。……これは、一体……？」

クラーケンがもう一度、悲鳴を上げる。

やがてその巨体は船から遠ざかり……人魚たちに海底まで引きずり込まれた。

◆

クラーケンが船から離れた後、俺は笛をポーチの中に仕舞った。

しばらくすると、目の前の水面がブクブクと音を立てて泡立ち、やがて無数の人魚が顔を出す。

『地の民よ！』

『地の民よ！　クラーケンを倒してやったぞ！』

『報酬をくれ！　地の民よ！』

わらわらと集まった人魚たちは、我先にと報酬を求めた。

水飛沫《みずしぶき》があちこちに飛ぶ中、俺はポーチの中から用意していたものを取り出す。

「はいはい。りんごでいいな？」

『おお……！　これぞまさしく、命の結晶！』

『地の民は、これを生み出すために存在していると言っても過言ではない！』

「それは過言だ」

流石に人間を舐めすぎである。

しかし……こんなこともあろうかと、港町でりんごを買っておいてよかった。

人魚たちの好物は幾つかあり、りんごはそのうちの一つである。これで機嫌をよくしてくれるなら幾らでも買っておくつもりだ。

「悪いな、急に呼び出して」

『気にするな！　ネットは我々と盟約を結んでいる！　だから笛を渡したのだ！』

男の人魚が大きな声で言った。

大体、戦いに出てくる人魚は男である。その上半身は屈強な筋肉の鎧で包まれており、水の浮力を利用して非常に重たい槍を握っていた。

『ところでネット！』

「ん？」

『女王がネットに会いたがっている！　竜宮城に来てくれ！』

「了解。落ち着いたらまた行くと伝えてくれ」

『すぐに来てくれないと、大津波を起こしてこの船を沈めるそうだ！』

「それは困るな。りんごをもう一個やるから、うまく宥《なだ》めておいてくれ」

『承知した！』

そう言って人魚は再び水中に潜った。

クラーケンを倒したのに船が沈められたら本末転倒だ。ひょっとして俺は今、この船に迫っていた二つ目の危機を退けたのではないだろうか……？　まあ二つ目の危機に関しては、俺のせいで訪れたようなものだが。

人魚たちの姿が完全に見えなくなった頃、近くで足音が聞こえる。

「お、お前……今のは……」

そこには、目を見開いて驚愕《きょうがく》するメイルの姿があった。

「通信している時といい、今回といい……メイルは覗《のぞ》き見《み》が趣味なのか？」

「なっ!?　ち、違う！　たまたま、タイミングが悪かっただけだ！」

メイルは顔を真っ赤にして否定した。

「それより、どういうことだ。今のは人魚だろう？　人魚は人間のことを嫌っているはずだ。会話はおろか、本来なら顔を合わせるだけで争いになってしまうような関係だぞ」

「普通はそうかもしれないが……まあ、俺は友人みたいなものだから」

「友人……？　人魚と、友人だと……？」

「正確には、西の海域に住むリューグウ族と盟約を結んでいるんだ。その代わり、東の海域に住むローレイ族とは少し折り合いが悪い。でも、ローレイ族と盟約を結んでいる人間とは知り合いだから、大体どの海の人魚とも平和的な交渉ができると思う」

「？？？？？？」

メイルは難しい顔をする。

少し余計な情報まで喋《しゃべ》ってしまったかもしれない。別に問題はないが。

「……にわかには信じがたいが、要するに人魚と交渉できるということか。……では、先程のクラーケンとの戦闘では、お前が人魚を呼んでくれたのか？」

「ああ。……言っただろ、俺のモットーは他力本願だって」

他人の力を借りることにおいて、俺の右に出る者はいない。そんな自負すら持っている。

冗談めかして自慢っぽく言ってみせると、メイルはきゅっと唇を引き結んだ。

「若干、複雑だが……どうやらお前は、私たちの恩人らしいな」

メイルの表情が柔らかくなる。

少し驚いた。てっきりまた馬鹿にされるかと思ったが、メイルは思ったよりも他人の価値観に対して寛容らしい。インテール王国の国王陛下には、是非とも彼女を見習ってほしいものだ。

「国に着いた後、少し時間をくれないか？　礼がしたい」

人脈を武器とする俺にとって……というより、人脈しか武器がない俺にとって、その提案は断る理由がない。

新しい人との出会いや交流は歓迎だ。

「喜んで」

◆

クラーケン討伐から三日が経過した頃。

七日にわたる船旅は終わりを迎え、目の前にはエーヌビディア王国の陸地が見えていた。

「ネット」

船が港に近づく中、メイルが声を掛けてくる。

「約束通り、礼をさせてもらおう。今日の予定は大丈夫か？」

「ああ、終日空いている」

「よかった。なら案内したい場所がある」

予定は空いているというか、空けておいた。

本当は待ち合わせしている相手がいたが、相談の末、彼女と会うのは明日に変更したのだ。

「あ、あの、メイル様。よろしいのですか？　他国の冒険者を、城に招くなど……」

「彼は私たちの恩人だ、問題ないだろう。それにルシラ様は冒険者が好きだ」

騎士たちが何やら会話している。

騎士や城といった単語を耳にして俺は苦笑した。どうもここ最近、そういったものと縁がある。

「メイルたちはどうしてインテール王国にいたんだ？」

「ただの使いっ走りだ。そちらに滞在している我が国の貴族を、数日ほど護衛していた」

インテール王国に、エーヌビディア王国の貴族が足を運んでいたらしい。

それは知らなかった。

「無事に着いたな」

メイルが呟く。

船が港に到着して停《と》まった。

「ようこそ。龍と契りを結んだ国、エーヌビディア王国へ」

◆

龍と契りを結んだ国、エーヌビディア王国。

この国は建国の際、大いなる龍の力を借りたと言われている。それまで、この辺りの土地は作物が育たず干からびていたそうだが、龍の加護によって大地は潤い、資源に恵まれたそうだ。

モンスターの中には、知性を持ち、人と対話できる種類もいる。

龍はその代表例であり、非常に強い力を持つモンスターだ。歴史を紐解《ひもと》けば、人間と龍は時に争い、時に協力していたことが分かるが、建国を支えた龍はエーヌビディア王国の例しかない。

「壮観だな」

「ふふ……そうだろう、そうだろう！　ここはいい国だぞ！」

母国を褒められて嬉しかったのか、メイルは楽しそうに笑みを浮かべた。

エーヌビディア王国の建物は、インテール王国と比べて規模が大きい。そのような文化が根付いているのだ。観光客を楽しませるためか、あちこちに龍の飾りや置物が見える。港町にしては華やかな景色だ。

「ちなみにこの町には、あの伝説の冒険者パーティ、『七燿《しちよう》の流星団《りゅうせいだん》』も立ち寄ったことがあるんだ」

「え？」

メイルの発言に、俺は思わず疑問の声を発した。

「おい、なんだその反応は。まさか『七燿の流星団』を知らないわけではあるまいな？」

「あ、ああ。流石にそのくらいは知ってるが……」

知らないわけがない。

冒険者パーティ『七燿の流星団』──それは恐らく、この世界で最も有名な七人の冒険者だ。

難攻不落のダンジョンを踏破したり、世界を脅かしていた大型モンスターを討伐したり、前人未踏の土地を開拓したりと、その冒険者パーティが成し遂げた偉業は枚挙に暇がない。

名実ともに、最強の冒険者パーティといえば『七燿の流星団』である。

それは最早《もはや》、世界共通の常識となっていた。

同じように……『七燿の流星団』が、一年前に解散した事実も、世界中の人々が知る常識だ。

「その『七燿の流星団』が……この町に寄ったのか？」

「そうだ！　と、胸を張って言いたいところだが……厳密には、近くを通り過ぎただけだ。しかし相手が『七燿の流星団』ともなれば、それだけでも誇らしい気分になれる」

「ああ……なるほど。そういうことか」

少し情報の食い違いがあったようで困惑していたが、納得した。

冒険者パーティ『七燿の流星団』の名声は凄まじい。パーティがしばらく滞在したというだけで、その町が観光名所となることもある。きっとこの港町もそうした経済効果を狙い、メイルが話したような売り文句を国民に広めたのだろう。

「エーヌビディア王国にも、有名な冒険者パーティは幾つかあったよな？」

「ああ。一番有名なのは『白龍騎士団』だろうな。ネットも名前くらいは知っているだろう？」

「勿論だ」

冒険者パーティ『白龍騎士団』。

エーヌビディア王国出身であるそのパーティは、冒険者にしては珍しく、全員が騎士甲冑を身に纏っている。主にダンジョンの攻略や、モンスターの討伐で名を上げたパーティだ。

「『白龍騎士団』は冒険者のパーティだが、この国の騎士たちにとっては憧れの的となっている。特に、団長のレーゼ＝フォン＝アルディアラ様は、S級冒険者である上に、元貴族という立場もあって、気高くて美しいと評判だ。……かく言う私も、彼女に心酔している」

「メイルは、その団長とやらに憧れているのか」

「ああ！『七燿の流星団』に並び、この世で最も尊敬する一人だ！私もいつか、あのような騎士になりたいと思っている！」

本当にその団長のことを尊敬しているのだろう。

メイルは興奮気味に言った。

「ネットがいたインテール王国にも、有名な冒険者パーティは幾つかあるのではないか？」

「まあな。でも最近の話題となれば、やっぱり勇者パーティだと思うぞ」

「勇者パーティか……そう言えば丁度、我々がインテール王国を発《た》つ時に、勇者パーティも旅を始めたみたいだな」

メイルもインテール王国の勇者パーティについては多少知っているらしい。

「しかし、今でこそ世界各国が勇者パーティを派遣しているが……私はてっきり、『七燿の流星団』がそのまま魔王を討伐するかと思っていた」

メイルが呟く。

きっとそう思っていた者は少なくない。それだけ、『七燿の流星団』は強かった。

「一年前に解散して以来、『七燿の流星団』は世間に顔を出していない。今頃、彼らは何をしているのだろうか……？」

「さぁな。……まあ好き勝手に生きてるんじゃないか？」

「いいや！　きっと国の要職を任されていたり、あるいは極秘任務を遂行したり……とにかく、私たちでは想像もつかないことをしているに違いない！」

メイルは少し夢見がちな性格らしい。

「インテール王国の勇者パーティはどんな感じなのだ？　やはり国が直々に選定した以上、相当な強者なのだろう？」

「……どうだろうな。確かに強さだけなら、多分、どの国の勇者パーティよりも優れていると思うが……」

小さな声で言う俺に、メイルは不思議そうな顔をする。

その時、目の前を新聞売りが通り過ぎた。

「号外！　号外だよー！」

俺はポーチから硬貨を取り出して、新聞売りに近づく。

「一部くれ」

「はいよ！」

受け取った新聞をすぐに読む。

隣にいるメイルが、覗き込むように顔を新聞の方へ近づけた。

「なんだ、これは……？」

一番大きな見出しを目にして、メイルが驚く。

「あーあ……だから言ったのに」

そこには、でかでかとした文字でこう書かれていた。

――インテール王国の勇者パーティ、街を破壊する。

◇

勇者パーティが旅を始めた五日後。

国王の部屋に、宰相が大慌てで駆け込んできた。

「陛下！　大変です！」

「何事だ」

「勇者パーティが街を壊滅させせました！」

「……は？」

国王はポカンと口を開けたまま硬直した。

よほど慌ててきたのだろう、宰相は全身汗だくになっていた。肩で息をしていた宰相が落ち着いてきた頃、国王の止まっていた思考が再び動く。

「ど、どういうことだ？　説明しろ！」

「それが、その……ユリウスが言うには、旅の途中で魔王の配下と思《おぼ》しきモンスターと遭遇し、戦いになったようですが……」

宰相は気まずそうな顔で続ける。

「……戦いの余波で、街は壊滅。観光地となっていた湖は消滅し、付近にあった森林も焼き払われました。幸い、住民は避難済みですが……多額の賠償金を要求されています」

想像を遥かに超えた報告に、国王の顔はみるみる青褪《あおざ》めた。

「な、ななな、なんていうことだ……！」

国王は、勇者パーティが活躍すれば必ず自分に報告するようにと、宰相に命じていた。しかしまさか記念すべき第一報が、成果ではなく被害に関するものだったとは。

「ユリウスには通信石を持たせていたな？　すぐに通信を繋げろ！　直接、話を聞く！」

「そ、それが、通信を繋げると街の住人が対応しまして……どうやらユリウスは過労で倒れているようです」

「過労!?　旅を始めてまだ五日だぞ!?」

どんなスケジュールで働けば五日で過労になるんだ。

国王にはまるで想像がつかない。

「ちなみに、ユリウスの最後の報告によりますと……勇者は『あっちで助けを求める声がする！』とだけ告げて失踪。戦士はモンスター狩りに没頭しており会話が不可能。魔法使いは街の蔵書を全て読むまで頑《かたく》なに移動しようとせず、僧侶はいたずらに死者を蘇らせて更なる混乱を生み出しているようです」

「お、おぉ、おぉぉ……なんだそれは……頭が追いつかん」

伊達に勇者パーティではない。

問題の大きさが規格外だ。

「な、何故だ。どうしてこうなった？　ユリウスは何をしていたんだ!?」

「どうやら、ユリウスが何を言っても、メンバーたちは『ネットならそんなこと言わない』『ネットの言うことしか聞きたくない』と返事をするようでして……指示通りに動かなかったそうです」

「ぐぬぬ……あの男、洗脳でもしたのか……!?」

数日前にパーティから追い出した、ネットという男のことを思い出す。

これはあの男の仕業だろうか？　そう言えば、あの男は「あのパーティは、俺が制御する前提で集めたメンバーばかりです」と言っていた。やはり勇者パーティは、ネットにしか制御できないのだろうか。——否。

ネットは何の取り柄もない人間だ。実際、インテール王国ではこれといって目立った功績を残していない。

あのような男でも、パーティのメンバーたちを制御できたのだ。

ユリウスにできないはずがない。

「……ユリウスが回復した後、このように指示を出せ」

落ち着きを取り戻した国王は、冷静に告げる。

「相手はS級冒険者といえど、同じ人間だ。あまりにも命令違反をするようなら、厳しい罰を与えよ。……いざという時は私の権力をちらつかせても構わん」

国王の命令に、宰相は首を縦に振る。

数日後。

ユリウスが重傷を負ったという報告が、国王の耳に届いた。

◆

「ここからは馬車に乗って移動するぞ」

港町を適当に歩いた後、メイルは俺を馬車に案内した。

先に乗るよう促された俺は、足元の段差に注意しながら馬車に乗り込む。それからメイルも乗り、ドアが閉められた。

「何処へ行くんだ？」

「王都だ。よければそこで私の雇い主に会ってもらいたい」

メイルは騎士だ。その雇い主ということは、最低でも貴族……もしくは政治家だろう。クラーケンを撃退したことについて相当感謝されているようだが、俺がやったことと言えば人魚を呼んだだけである。

馬車がゆっくりと動き出した。

地面を踏む蹄鉄《ていてつ》の音が規則正しく聞こえ始めた頃、メイルが口を開く。

「しかし、その……残念だったな。インテール王国の勇者パーティが、早々にこんなことになるとは……」

「いや、まあ……予想通りだし、そこまで残念ではないが……」

本当に予想通りだった。今頃、陛下はどんな顔をしているのか、少し気になってしまう。インテール王国の姫様にこっそり連絡を取り、様子を教えてもらうか……？

その後もメイルとは、お互いの国について色々と話した。

とはいえ俺は色んな国を旅してきたので、実はインテール王国について特に詳しいというわけではない。学生時代も授業をサボって他の国で冒険していたので、多分、一般的なインテール王国の国民と比べても国に対する知識は少ない方だろう。

「到着だな」

小一時間ほど経《た》った後、馬車が停車する。

数分前から馬車は王都に入っていた。そして今、俺たちの目の前にあるのは――城だった。

「ここは……エーヌビディア王国の、王城か？」

「ああ。これからネットには、私の雇い主……ルシラ王女殿下に会ってもらいたい」

つくづく俺は、王女とか城とか騎士とかに縁があるらしい。

そして、メイルの雇い主が王女である時点で、一つの事実が発覚する。

「メイルは、ただの騎士じゃなかったのか」

「ああ。私は近衛騎士を務めている」

メイルは王族を警備する騎士らしい。それなりに高い身分だ。

「なに、緊張する必要はない。王女殿下といっても気さくな御方だ。私は身分の都合上、堅苦しく振る舞わねばならないが、恐らくネットなら気楽な態度で接することができるだろう。……勿論、嫌なら会わなくてもいいが」

「……いや、是非会わせてくれ。会ったことがない人とは、とりあえず会ってみる主義なんだ」

「それはいい主義だな」

「ああ。なにせ、いざという時に俺を助けてくれるかもしれないからな」

「……前言撤回。打算的な主義だ」

「打算に裏打ちされていない主義なんて、ただの妄想だと思うぞ」

メイルの案内に従って城の中に入る。

階段を上り、廊下の突き当りに辿《たど》り着《つ》くと、目の前には扉があった。

「ルシラ様には、既に通信でお前のことを報告してある。このまま入るぞ？」

「分かった」

多少、身だしなみをチェックして、俺は頷いた。

メイルが扉を開ける。その先には豪奢《ごうしゃ》な部屋があった。

精緻な模様が刻まれた赤絨毯《あかじゅうたん》に、見るだけで高価なものと分かる装飾品の数々。その上で、実用的な家具一式もしっかりと配置されている部屋だった。インテール王国では国王と会うため謁見の間に入ったが、今回会うのは王女殿下だ。扉の規模からして、恐らくここは王女殿下の私室の一つなのだろう。

「お主が、ネットか」

部屋の中心に立つ少女が、俺の顔を見て言った。

「妾《わらわ》は、ルシラ＝エーヌビディア。この国の王女である」

玉座には、十代半ばに見える少女が座していた。

見目麗しい少女だ。初雪の如く白い肌に、透き通るような銀色の長髪。触れるだけで折れてしまいそうな華奢《きゃしゃ》な体躯《たいく》ではあるが、その真紅の双眸《そうぼう》だけは台座に嵌《は》め込《こ》まれた宝石の如く、決して揺れ動かない強さを醸し出していた。

王族特有の、気高い雰囲気を肌で感じる。

ひと目見るだけで確信した。——いい相手と巡り合えた。

長年の経験則が告げる。

これはきっと、俺にとって良い縁となる。

「お目にかかれて光栄です。私は——」

「ああ、よいよい。お主はメイルの恩人じゃろう？　なら妾にとっては友人も同然じゃ。もう少し砕けた態度でよいぞ」

「……そういうことなら」

深々と下げていた頭を持ち上げ、ほんの少しだけ肩の力を抜く。

これは今まで俺が出会ってきた上流階級の者たちから聞いた話だが……貴族や王族は、堅苦しい環境にうんざりしていることも多いらしい。だからせめて外部の人間とは、気軽に話したいという考えの持ち主も多いのだ。

とはいえ敬語くらいは使った方がいいだろう。

ルシラ様が問題ないと言っても、彼女を慕う他の者たちが同様に思うとは限らない。

「ネット＝ワークインターです。インテール王国では、冒険者として活動していました」

「ほお、冒険者か。妾は冒険者が好きだぞ」

ルシラ様は微笑して言う。

「ネットよ、まずは礼を言わせてもらおう。……メイルを助けてくれて感謝するのじゃ。妾にとって、メイルは気を許せる数少ない友人の一人。お主がクラーケンを退けていなければ、今頃、妾は悲しみに暮れていたじゃろう」

少々口調は独特だが、平民である俺にも礼儀正しく、人柄の良さが窺える振る舞いだった。

「感謝していただけるのはありがたいですが、俺は大したことをしていませんよ。クラーケンを倒したのは――」

「――人魚、だそうじゃな？」

ルシラ様は、ニヤリと笑いながら言う。

「お主、今日の寝床は決まっておるか？」

「いえ、決まっていませんが……」

「なら今日はこの城に泊まるといい」

唐突な提案に目を丸くする俺を他所に、ルシラ様は続けて言った。

「代わりに、お主がこれまでにしてきた冒険について聞かせてくれ。妾は冒険譚《ぼうけんたん》が大好きなのじゃ‼」

なるほど、納得した。

どうやら俺をこの場に呼んだ本当の理由は、これだったらしい。ちらりとメイルを一瞥《いちべつ》すると、柔和な笑みを浮かべられた。「付き合ってやってくれ」と暗に告げられる。

「分かりました。俺でよければ、いくらでも話しますよ」

そして、その日の夜。

俺はルシラ様とともに、食事をしながら今までの冒険について語った。

勿論――隠すべきところは、しっかり隠して。

◆

ルシラ様との会話は、夜遅くまで続いた。

「ほぅ！　それで、その空中神殿はどうなったんじゃ!?」

「知人に神殿の核となる部分を狙撃してもらって、墜落させました。今では崩壊した神殿の破片が、名物となって売られている始末です」

「わはははは！　伝説の土地が、今やお手軽な土産となったのか!!」

伝説の土地と呼ばれる空中神殿を冒険した時の話をする。

ルシラ様は本当に冒険譚を聞くのが好きな様子だった。高貴な身分であるはずだが、俺の話を聞くルシラ様は、まるで絵本の読み聞かせを楽しんでいる子供のように目を輝かせている。

今度は、モンスターを討伐するために火山を登った話をした。

「ほ、ほぉぉ……火山の噴火口にいるモンスターか。確かにそれでは手の出しようがない。それで、どのように討伐したのじゃ？」

「知り合いの魔法使いに火山を丸ごと凍らせてもらい、その間にささっと討伐しました」

「火山を凍らせ…………え？　それ、できるものなのじゃ？」

「まあ、できる人にはできるみたいですよ」

混乱しているルシラ様に、俺は苦笑して言う。

俺もその光景を見た時は驚いたものだ。「ネットのために新技用意したよ〜〜！」とか言われたような記憶はあるが、全然俺とは関係ない魔法だった。あいつ、俺を氷漬けにするつもりだったのだろうか。

さて……他には何を話そうか。

頭の中にある話のレパートリーを整理していると、ドアがノックされた。

現れたのはメイルだ。

「ルシラ様、そろそろ就寝しなくては明日に響きますよ」

「む、もうこんな時間か。……時間を忘れて話すのは久しぶりじゃ」

満足してもらえたようでよかった。

どうやら楽しい談笑もそろそろお開きらしい。俺はテーブルに置かれたカップを手に取り、喉を潤した。

そんな俺の様子を、ルシラ様はじっと見つめる。

「しかし、お主……あまり緊張せんな」

「緊張？」

首を傾げる俺に、ルシラ様は告げる。

「いやぁ、なに。自分で言うのもなんじゃが、妾は、ほれ……美しいじゃろう？」

「…………はぁ」

「美しいじゃろう？」

「…………はぁ」

「美し――」

「そうですね」

「ふふふ、やはりな……妾は美しいのじゃ」

首肯すると、ルシラ様は満足気に笑みを浮かべた。

やっと話が先に進んだ。

「そういうわけじゃから、妾と初対面の男子は大抵、緊張してうまく話せないんじゃが……お主は、なんというか、慣れている感じがするのぅ」

「まあ……実際、慣れているのかもしれません」

ルシラ様はまだ幼く、身体の凹凸もほとんどないが、将来は傾国の美女となること間違いなしの顔立ちだ。しかし俺は、同じくらい容姿が整っている異性を何人か知っていた。インテール王国の姫様はその一人である。

「む、妾ほどの美女が世界にはいるというのか」

「滅多にいませんが、いるにはいますよ」

なんて会話をしているうちに、俺も疑問を抱いた。

「ルシラ様は、かなり冒険譚がお好きなご様子ですが、自分で冒険しようと思ったことはないんですか？」

「む、それは、その……妾はこの国の王女じゃし……」

確かに王女という立場では、俺たち平民と比べて自由を謳歌《おうか》できないだろう。

心の中で同情すると、ルシラ様は続けて呟くように言った。

「それに…………戦いが、怖い」

「……戦いが怖い？」

「モンスターと遭遇したら、戦わなくてはならないじゃろう？　……妾は、戦いとか、争いが怖いのじゃ……」

それまでの溌剌《はつらつ》とした様子のルシラ様からは、想像のつかない言葉だった。

僅かに驚いた俺は、正直な感想を述べる。

「……意外と臆病な一面もあるんですね」

「なっ!?　おおお、臆病とはなんじゃ！　妾だって悩んでるんじゃぞ!!」

ルシラ様は顔を真っ赤にして言った。

別に戦いを恐れることは全く悪くないが、これまでの話し方から、ルシラ様はもっと気が強くて大胆な人物だと思っていた。少々意外である。

そんなふうに驚く俺の傍で、メイルが微笑を浮かべた。

「ルシラ様は、武器を握ることすらできませんからね」

「こ、こら！　メイル！　余計なことを言うでない！」

「失礼しました」

何食わぬ顔でメイルは再び姿勢を正した。

近衛騎士だけあって、メイルはルシラ様と気軽に話せる間柄らしい。それでも客人の俺とは立場が違うため、メイルは主君であるルシラ様の前では決して座らなかった。

「別に、いいんじゃないですか」

むぅぅ、と不満そうに頰を膨らませるルシラ様に、俺は言う。

「王族が身体を張って戦うことなんて普通はありませんし……戦う力がなくたって、ルシラ様の価値が下がることはありませんよ」

励ますつもりで俺はそう言った。

だが、その言葉を聞いたルシラ様は――途端に神妙な面持ちをした。

「戦う力がない、か……」

小さな呟きを、俺は聞き逃さなかった。

しまった、失言だったかもしれない。ルシラ様は弱点を克服することに意欲的で、内心では戦う力を求めているのだろうか。

「すみません。失言でした。やはり王族である以上、力はあった方が――」

「いや……いやっ！　間違ってはおらぬ！　ネットの言う通り、妾には戦う力がない！　妾は弱い！　じゃから……臆病なのは当然なのじゃっ!!」

ルシラ様はやや興奮気味に言う。

その口調が少し大袈裟《おおげさ》に聞こえ、引っかかりを覚えた。

まるで――自分に言い聞かせているかのようだ。

「ルシラ様、そろそろ……」

「おっと、そうじゃったな」

メイルの言葉に、ルシラ様は笑みを浮かべて俺を見る。

「ネット、今日は楽しかったぞ！　妾はもう満足じゃから、お主もゆっくり休むといい！」

「そうさせてもらいます」

◆

「こちらがネット様のお部屋になります」

城のメイドに案内された客室は、実に豪奢な内装をしていた。

部屋は広く、窓は大きく、調度品はどれも繊細な模様が施されており、足元には上質な赤絨毯が敷かれている。インテール王国を出て、すぐにこれほどの環境を堪能《たんのう》できるとは……幸先《さいさき》はいいが、ここまでくると逆に今後の生活が不安である。

「城内にはお客様用の大浴場がありますので、よろしければご利用ください」

「ああ、案内ありがとう」

メイドは粛々と頭を下げ、部屋を出ていった。

静かにドアが閉められると、俺は「ふぅ」と息を吐いて腰のポーチをテーブルに置く。

(まだ目も覚めているし……今のうちに、通信石に連絡先を登録しておくか)

ポーチから通信石を取り出し、円状のフレームを時計回りに撫でると、石の表面に文字が浮かんだ。紙にメモしてある連絡先を、一つ一つ登録していく。

地道で面倒な作業だった。これまでの道中で、五百人分の連絡先は登録できたが、あと二百人分が残っている。できれば今日中に済ませたい。

時折、窓から静かな街並みを眺めつつ、作業を続けた。

「あー…………やっと、終わった」

全員分の連絡先を登録したところで、軽く背筋を伸ばした。

集中していたので気づかなかったが、少し肌寒い。

そろそろ風呂に入って寝よう。

「……ん？　そう言えば、大浴場は何処にあるんだ？」

部屋にも風呂場はあるみたいだが、せっかくなので城の大浴場を利用してみたい。

しかし、俺の聞き忘れかもしれないが……場所が分からなかった。

部屋の外に出ると、丁度、廊下を歩いているメイドを発見する。

俺を部屋まで案内したメイドとは別の人だが、声を掛けても問題はないだろう。

「ちょっといいか？　大浴場に行きたいんだが……」

「大浴場でしたら、この道を真っ直《まっす》ぐ進んで、突き当たりを左に曲がったところにございます」

メイドの案内に礼を述べ、言われた通りに道を進む。

脱衣所で服を脱ぎ、大浴場に足を踏み入れると、白い湯気が視界を遮った。

「へぇ……これはなかなか」

広々とした空間を贅沢《ぜいたく》に使った大浴場だ。天井は高くて開放感があり、足元のタイルは滑らかで踏みやすい。金や銀の装飾が、優雅な雰囲気を演出していた。

(凄いな……これ、本当に来賓用か？)

これでも世界各地を旅してきたので、そこそこ豪華な風呂に入った経験もあるが……これは桁違いだ。今夜は素晴らしい気持ちでベッドに入れるだろう。

軽く身体を洗ってから湯船に浸《つ》かる。

すると――。

「……シラ様……お湯加減は……」

「うむ……イルも……」

立ち込める白い湯気の向こうから、誰かの話し声が聞こえてきた。

(先客がいたのか。……城に招かれているなら、貴族かもな)

俺のようにただの平民が城に招かれるのは、本来ならイレギュラーなことだろう。

顔が合えば軽く挨拶した方がいいかもしれない。

そんなことを思っていると、少しずつ湯気が晴れる。

俺の目の前には……ルシラ様とメイルが、一糸纏わぬ姿で湯船に浸かっていた。

「……む？」

「……え？」

「……は？」

それぞれ、完全に硬直する。

やがて、十秒ほど沈黙が続いた後、

「ぬああああああああああああああっ!?」

「わああああああああああああああああっ!?」

「おぉう……」

絹を裂くような悲鳴に圧倒され、中途半端に驚いてしまう。

「ネ、ネット!?　お前！　どど、どうしてここにっ!?」

「いや、それはこっちの台詞《せりふ》なんだが……」

涙目になって叫ぶメイルの問いに答えながら、何故こうなったのか考える。

（……来賓用の大浴場が何処にあるのか訊《き》いたつもりだったが、ルシラたちが利用する大浴場

を案内されてしまったのか）

なんとなく状況を察した。

そんな俺の目の前で、二人の少女は警戒心を露《あら》わにする。

「メ、メイル！　どうするのじゃ!?　こういう時、どうすればいいのじゃっ!?」

「わ、分かりません！　と、とりあえず、身体を隠した方が……っ！」

完全に二人は混乱していた。

メイルはまだ微かにあどけなさを残す顔つきだが、その体軀はくっきりと凹凸が見て取れる女性らしいものだ。騎士として鍛えているからか、無駄な肉はついていない。水を弾くような瑞々《みずみず》しい肌は、普段の彼女からは想像もつかないほどの色気を漂わせている。

一方、ルシラ様は体形こそ華奢で凹凸もほとんどないに等しいが、その白磁の如き透明感のある肌と、水に濡《ぬ》れて一層艶《つや》やかに見える銀髪が、神秘的な美しさを醸し出していた。上気して赤く染まった頰や、恥じらう表情が、メイルとは異なる色気を感じさせる。まるで繊細な芸術品を見ているような気分だ。本来、俗人には見ることも触れることも叶《かな》わないような……決して汚すべきではない高貴な姿がそこにあった。

「タ、タオルじゃ！　メイル！　タオルを持ってくるのじゃ！」

「しょ、承知いたしました！　すぐに持ってきます！　――あいたっ!?」

湯船から立ち上がり、早足で外へ向かったメイルは、俺の傍を横切ったところで転倒する。

「くっ……あ、足が、滑って……」

メイルは呻《うめ》き声《ごえ》を漏らしながら、両膝を床につけて立ち上がろうとした。

しかし、そんな、目の前で起き上がられると……。

「ま……丸見えじゃ」

ルシラがボソリと呟く。

起き上がったメイルは、耳まで真っ赤に染め、全身を震わせた。

「も、もう駄目だ……この男を殺して、私も死ぬ……ッ!!」

「いやいやいやいや……」

目尻に涙を浮かべながらこちらを睨《にら》むメイルに、俺は額に手をやる。

「……普通に俺が出ていくから、二人はそのまま湯船の中で待っていてくれ」

混乱する二人を落ち着かせるよう、できるだけ冷静に告げた。

二人に背を向けてから立ち上がる。

そのまま浴場を後にするつもりだったが、最後に少しだけ振り返った。

「ところで、来賓用の大浴場は何処にあるんだ?」

「お、お前ぇ!　お前はなんで、そんなに落ち着いているんだ!」

「今更騒いでも意味ないだろ」

淡々と告げると、メイルは顔を真っ赤にする。

「一つ下の階だ！　早く行け！」

すぐに脱衣所へ向かって服を着た俺は、髪もほとんど乾かさないで廊下に出た。

不敬罪で訴えられたらどうしようか……その時は速やかに逃げよう。

「しかし……いくらなんでも、無警戒すぎないか？」

例えば俺が、ルシラ様の暗殺を企てていたら、今頃は大惨事である。

城の入り口や周囲はしっかり警備されていたが、その内側はザルな箇所も多い。

何か、理由でもあるのだろうか……？

そんなことを思いながら、俺は来賓用の大浴場に向かった。

◆

翌朝。俺はエーヌビディア王国の王城にある客室で目覚めた。

「朝か……」

カーテンの隙間から差し込む朝日を見て、欠伸《あくび》を漏らす。

流石に王城の客室なだけあって、部屋の居心地は最高だった。ベッドもふかふかでよく眠ることができたし、今日は気分よく過ごせそうだ。

「上の階に行かなければ、好きにしていいと言ってたし……軽く散歩でもするか」

顔を洗って着替えを済ませた俺は、城の外にある庭園に向かった。

朝靄《あさもや》が濃い。昨晩、寝ているうちに雨でも降ったのだろうか。

湿った石畳を歩いていると、いつの間にか四方八方全てが靄に包まれていた。庭園の美しい景色を見に来たつもりだが、時間帯が悪かったかもしれない。

城の中に戻ろうとした時、ふと目の前の靄に、不思議なものが映っていることに気づいた。

——巨大な影。

城の二階……いや三階まで届きそうな高さの影だ。

それが何かは分からないが——動いている以上、生き物に違いない。

(まさか……モンスターか？)

瞬時に警戒し、頭の中にある知識を総動員して、目の前の現象の解明に努める。

しかし心当たりは全くなかった。

「——誰じゃっ!?」

前方から少女の声が聞こえる。

警戒を維持したまま無言で待っていると……影が映っていた靄の中から、ルシラ様が現れた。

「なんじゃ、お主かネット」

「おはようございます」

「うむ。おは、よう…………なのじゃ」

ルシラ様の言葉は尻すぼみになった。

「どうしました？」

「ど、どうも何も……っ！　さ、昨晩、あんなことがあったばかりではないか！」

ルシラ様は顔を赤くして言う。

「よ、齢《よわい》三つを超えてからは、父上にすら見せておらんのじゃぞ……っ！　だというのに、お主は……あ、あんなに長い時間、くっきりと見つめおって……っ！」

「別に、見つめていたというほどでは……」

それでも見てしまったことは事実なので、否定しきれない。

「しかし、そういうことを言うわりには、お咎《とが》めがありませんでしたね」

「……事情はメイドから聞いておる。今回の件、お主に責任はない」

「……ありがとうございます」

お咎めナシということらしい。往々にして権力者という生き物は、一度我を忘れると凄まじく過激な行動に出るものだが、ルシラ様は人格者のようで助かった。

「ところでルシラ様。さっきここに、何かがいませんでしたか？」

「何か？　ここには妾たちしかいないはずじゃが……」

ルシラ様は不思議そうに小首を傾げる。

では、先程の影は何だったのだろうか？　……ただの見間違いか？

「ネット。お主はこれから、この国でどう過ごすのじゃ？」

ルシラ様に今後の予定を尋ねられる。

とりあえず、先程の影は気のせい……ということにしておくか。

「まずは冒険者ギルドに登録して、収入源を確保しようと思います」

「うむ、お主はインテール王国でも冒険者じゃったし、それがいいじゃろうな」

ルシラ様が頷く。このご時世、冒険者ギルドは大抵どの国にもあるが、残念ながら連携は完璧ではない。エーヌビディア王国で冒険者として活動する場合、俺はまた登録し直さなくてはならなかった。等級も一番低いところからやり直しだ。

「では、メイルをお主の案内役につけよう」

「……いいんですか？」

「昨晩、お主が語ってくれた冒険譚は実に面白かった！　そのお礼じゃ！」

気前のいい王女殿下だ。

港町から城まで馬車で来たため、まだこの街の道には詳しくない。ルシラ様の善意に甘えることにしよう。

◆

「では、これから私が街を案内しよう。冒険者ギルドに行きたいんだったな？」

「ああ、よろしく頼む」

城で簡単な朝食を済ませた後、俺はメイルとともに街を歩いた。

エーヌビディア王国の王都は快適だった。治安は良く、活気もある。走り回る子供たちや、散歩する老夫婦はまさに平和の象徴だ。

（昨晩の件は、気にしていないのか……？）

ルシラ様と違って、メイルの様子にこれといった変化はなかった。

昨晩は、どちらかと言えばルシラ様よりメイルの方が色々と酷《ひど》かったはずだが……やはりここは俺の方から謝罪するべきかもしれない。

「メイル。昨晩の件についてだが……」

「昨晩？　ああ、ルシラ様に冒険譚を語ってくれたことか？」

「……ん？」

まさかそちらを意識されるとは思わなかったので、少し反応に遅れる。

「いや、その後の……浴場での件なんだが」

「浴場？　何を言っているのか分からないな。お前とはルシラ様の部屋で別れた後、それっきりだったはずだ」

その言葉を聞いて、俺は…………察した。

そうか。要するにメイルは、浴場での件をなかった、こと、にしたいらしい。

「……そうだな」

無理に刺激する必要もない。

よほど傷ついたのだろう。……チクチクと罪悪感が心を蝕《むしば》んだ。

「ネット。昨日、お前がルシラ様に語った冒険譚だが……あれはどこまで本当なんだ？」

その問いの意味が分からず、俺は首を傾げた。

「それはどういう意味だ？」

「空中神殿に行ったとか、火山を丸ごと凍らせたとか……まさか事実ではないだろう？　ルシラ様を楽しませるためとは言え、自分の功績を誇張しすぎるのはあまり感心しないな」

なるほど。どうやらメイルは、昨晩、俺が語った内容に不信感を抱いているらしい。

「誇張なんて一切していない。全部、本当にあったことだ」

「……いやいや、そんな馬鹿な。もしあれが全て事実なら、お前はA級どころかS級の冒険者だぞ」

「俺はA級だけど、周りが皆、S級なんだよ」

だから実現できたんだと伝えると、メイルは深刻な表情で俯《うつむ》いた。

「……いやいやいや。騙されないぞ、私は。だって、その話が本当なら……空中神殿に辿り着いたパーティは、三つしかないし……そのうちの二つはこの国にいるはずがない。しかし、残り一つだとすると、ネットは……あり得ない、あり得ない。流石にそれはあり得ない……」

メイルはブツブツと何かを呟き出した。だいぶ混乱させてしまったらしい。

彼女は思ったより冒険者の事情に詳しいのだろうか？　そういえば昨日、冒険者パーティ『白龍騎士団』の団長に心酔していると言っていたことを思い出す。

「道はこっちで合っているのか？」

「あ、ああ。合っているぞ。この角を右に曲がったところだ」

メイルが我に返り、案内を再開してくれる。

「ネット、ギルドに登録した後はどうする？　すぐに仕事を受けるのか？」

「そのつもりだ。ルシラ様は今日も城に泊まっていいと言ってくれたが……流石にこれ以上世話になるのは申し訳ないし、今日の分の宿代は稼いでおきたい」

「分かった。それなら私も手伝おう」

その言葉は予期しておらず、俺は目を丸くした。

「ルシラ様から、今日一日はお前の行動に付き合えと言われている。私は一応、B級冒険者としてギルドに登録しているから、依頼も受けられるぞ。……不要なら帰るが」

「いや、ありがたい。ただ一応、協力者は既に用意していてな。先に簡単な顔合わせだけしてもらってもいいか？」

「勿論だ。……しかし既に協力者を用意しているとは、伊達に座右の銘が他力本願ではないな」

「それしか俺の取り柄はないからな」

メイルが協力してくれるなら、予定よりも簡単に金を稼げそうだ。

冒険者ギルドは、街や国の依頼を斡旋《あっせん》する役割を持つ。その依頼の中には最低人数が指定されているものもあり、三人いるならやや規模の大きい依頼にも挑戦できる。

「ここが冒険者ギルドだ。中に入るぞ」

メイルが扉を開け、俺も後に続いた。

ギルドの雰囲気はどこも同じらしい。古めかしいがどこか趣のある木造建築に、武器や防具を持った男女がいたるところで話し合っている。すぐ隣には酒場があり、まだ午前中だというのに賑《にぎ》やかな声が聞こえていた。

「一人目の協力者とは、ここで待ち合わせているが……まだ来てないな」

「では、あちらのテーブルで待つとしよう」

メイルの案内に従い、テーブル席につく。

「それで、協力者とは誰のことなんだ？」

「それは……」

説明しようと思ったが、少し考えた末、言葉を引っ込めた。

「……せっかくだから、内緒にしておこう」

「む、なんだそれは」

「まあ、すぐに分かるさ。多分メイルは驚くと思うぞ」

サプライズというやつだ。

その後、五分ほど経ったところでギルドの扉が開いた。

「お、来た」

ドアの方をぼーっと眺めていた俺は、目当ての人物が来たと気づく。

そんな俺の声に、メイルも振り返るが――。

「――――は？」

現れたその人物を見て、メイルはポカンと口を開いたまま硬直した。

真っ白な甲冑を身に纏う彼女の登場に、ギルドはざわついていた。「おい、あれ」「どうしてここに」「まさかあの人って」「美しい」……そんな声がいたるところから聞こえる。

「そこにいたか、ネット」

「よっ、久しぶり」

久々に見たその顔に、懐かしさと安心感を得る。

「あ、あぁ……ま、まままま、まま、まさ、まさか、まさか……!!」

「ネット、彼女は？」

こちらに近づくその女性を見て、メイルの混乱は一層激しくなっていた。

「二人目の協力者だ」

「そうか、なら自己紹介をしなくてはな」

メイルはとっくに、彼女のことを知っていると思うが……まあいいか。

「『白龍騎士団』団長、レーゼ＝フォン＝アルディアラだ。よろしく頼む」

騎士たちにとって憧れの的であり、メイルも心酔しているという冒険者。

そして、俺の友人の一人でもあるレーゼは、静かに微笑《ほほえ》んだ。

◆

純白の鎧を纏った彼女は、美しい女性だった。

高い背丈に、整った目鼻立ちは同性の視線すら引き寄せる。美しい金色の髪はウェーブがかかっており、戦いを生業とする冒険者のものとは思えないほど艶やかだった。

レーゼ＝フォン＝アルディアラ。

きっとエーヌビディア王国で、彼女の名を知らない者はいない。彼女こそが、優れた冒険者パーティとして名を馳《は》せる『白龍騎士団』の団長である。

「なるほど、メイル殿は王女殿下の近衛騎士なのか」

「は、はい！　そうです！」

テーブル席に座ったレーゼは、早速、メイルとの交流を深めようとしていた。

これから俺たちは、冒険者ギルドでモンスター討伐の依頼を受ける予定だ。モンスターとの戦いに危険はつきもの。だからこそ、背中を預ける仲間のことは知っておいて損はない。

この場で初対面なのは、レーゼとメイルの二人。

だから二人は今、それとない雑談で信頼関係を構築しようとしていたが――どうやらメイルは、憧れの人物であるレーゼと対面したせいで、途轍《とてつ》もなく緊張しているようだった。

「ネットとは船で知り合ったようだな。これも何かの縁だ、今日はよろしく頼む」

「はい!」

「近衛騎士の剣術は一級品と聞いている。期待しているぞ」

「はい!」

「メイル殿から、私に訊きたいことはないだろうか?」

「はい!　…………………あっ!!?」

そこは即答しちゃ駄目なところだ。

メイルもすぐに自覚したらしく、さっと顔から血の気が引く。そして今にも泣いてしまいそうな表情をした。……連れてきたのは間違いだったかもしれない。

「……とりあえず、ギルドに登録してくる」

このままでは一向にメイルの緊張が解けそうにないので、早く依頼を受けて行動を開始しよう。そのためにも、まず俺はギルドに登録しなくてはならない。

「ネット。今更だが、冒険者は登録したばかりだとE級だろう？　その状態では大きな依頼は受けられないぞ？」

レーゼが、椅子から立ち上がった俺を見て言う。

「分かってる。だからとりあえず、いつものやり方ですぐにD級まで昇格するつもりだ」

そう言って俺は、受付嬢が立つカウンターへ向かった。

「いらっしゃいませ。ご用件は何ですか？」

「冒険者の登録をしたい」

「かしこまりました。まずはこちらの用紙にご記入ください。代筆は必要ですか？」

「不要だ」

受付嬢から登録用紙を貰《もら》い、カウンターに置かれた羽ペンで記入を行う。

名前、年齢、性別などを記入した後、以下のような項目があった。

【存在力《レベル》】

【加護】

【特殊武装】

【その他】

幾つもの国の冒険者ギルドに登録している俺にとって、それは見慣れた項目だった。

基本的にはこの四つが冒険者の実力を示す指標となっている。

存在力……モンスターを討伐することで上昇する、全体的な強さを表す数値だ。この値が高いほど、その人物は肉体的・精神的に強い。ただし、存在力の上がりやすさは人によって大きく異なる。ちなみに一般人の平均値は1であり、英雄と呼ばれる者たちの平均は大体6だ。7は伝説と言っても過言ではなく、世界で十人もいない。

加護……自分以外の特殊な存在から力を授かっている場合は、この項目に記入する。例えば『星屑の灯火団』で一緒に冒険していた騎士（今は勇者だが）は、全能神の加護をその身に宿していた。

特殊武装……文字通り、特殊な武器や防具を持っていた場合はこの項目に記入する。レーゼはここに記入しているはずだ。彼女が持つ剣は、特殊な力を宿している。

その他……以上三つに該当しないところで、何か冒険者としてアピールできる特徴があればここに記入する。魔法を使える者ならここに「魔法使い」と書くのが定番だ。魔法は特殊な学問を修めた者のみが使用できる技能であるため、専用の項目が用意されていない。

俺はこの用紙に、以下のように記入した。

【存在力】１

【加護】なし
【特殊武装】その時による
【その他】人脈に自信あり

「これで頼む」

「承知いたしました。……人脈に自信あり、ですか？」

「ああ」

この記述で首を傾げられるのはいつものことだ。

丁度いい。D級に昇格したいし、すぐに証明してみせよう。

「D級に上がるための条件は、依頼を十回達成することで合ってるよな？」

「はい」

インテール王国のギルドと同じだ。

それなら多分、予定通りすぐにD級まで上がることができる。

「早速、依頼を受けたい。人捜し系の依頼を紹介してもらってもいいか？」

「畏《かしこ》まりました。少々お待ちください」

受付嬢は手際よく書類を用意してくれた。

人捜し系の依頼は、依頼主が個人である場合が多いため、報酬が不十分だったり、手違いで依頼がキャンセルされることも多い。そのため依頼自体が不人気で、いつまでも達成されないまま放置――いわゆる塩漬けにされることも多いのだ。ギルドの職員からすると、少しでも早めに消化したいのだろう。

「お待たせしました。こちらがただ今、募集している人捜し系の依頼になります」

受付嬢は人捜し系の依頼書を持ってきた。

見たところ依頼書は三十枚ほどある。他支部のギルドと情報を共有しているのだろう。王都の住民だけでなく、近隣にある村や町の行方不明者についても捜索が依頼されていた。

「ありがとう。――すぐに解決する」

「……はい？」

俺はそれぞれの依頼内容をざっと見て……ポーチの中にある通信石を取り出した。

◆

「レノバンか？　久しぶりだな。……ああ、俺だ、ネットだ。いきなりで申し訳ないんだが、先週、お前がいる村で二人組の男を見なかったか？　そう……その二人について詳細を教えてくれ」

手元の紙に、聞き出した情報のメモを取る。

「サイカ、一年ぶりだな。言いそびれていたが、半月前の剣闘技大会では優勝おめでとう。……ちょっと訊きたいんだが、その会場で下働きをしていた赤髪の女の子はいなかったか？」

再びメモを取る。

「お久しぶりです、ルーイン公爵。……え？　既に用件を知っている？　……その通りです。流石は《千里眼》のルーイン公ですね。情報提供ありがとうございます。…………はい？　お嬢様の縁談をぶち壊した責任ですか？　ははは、あれは俺が壊したんじゃなくて、ロイドが勝手にやったことですよ。ではまた」

メモを取る。

「シャリンか？　悪いな、急に。実はそっちの森で捜してほしい人がいるんだ。入り組んだ場所にいると思うから、動物たちの目を貸してほしい。……分かった。毛づくろいくらいなら幾らでも付き合うよ」

メモを取る。

「久しぶりだな、エディ。ちょっと頼みたいことが――」

メモを取る。

「エレイン。少し訊きたいことがあるんだが――」

メモを取る。

「アレク。今ちょっと――」

「ローリー。尋ねたいことが――」

「ゼス――」

「ユーファ――」

「ナルク――」

メモを取る。

メモを取る。メモを取る。メモを取る。メモを取る。メモを取る。メモを取る。メモを取る。メモを取る。メモを取る。メモを取る――。

「……こんなものか」

いつの間にかテーブルには、八つの通信石と、大量のメモ用紙が乱雑に置いてあった。

メモ帳を適当に整理して、俺は受付嬢に手渡す。

「もらった分の依頼は全部達成した。ここに対象者の居場所と連絡先、安否などをまとめてメモしてある」

「は、はい。……しょ、少々お待ちください！」

受付嬢が慌てた様子で奥の部屋に向かう。

しばらくすると、人手が足りなかったのか付近にいた他の受付嬢たちも奥の部屋に入った。

徐々に部屋から騒がしい声が聞こえるようになる。バタバタと忙《せわ》しない足音がずっと響いていた。

およそ十分が経過した頃。受付嬢は再び俺の前にやって来た。

「い、依頼の達成を確認しました。こちらが報酬と……冒険者カードになります」

紙幣と貨幣を詰め込んだ袋が、どさりと音を立ててカウンターに置かれた。

その後、受付嬢は未《いま》だに信じられないものを見るような目で俺を見つめながら、そっとカードを手渡してくる。

カードには俺が、D級の冒険者であると記されていた。

◆

D級に昇格した後。

俺はテーブル席で待っている二人の女騎士のもとへ向かった。

「待たせたな。それじゃあ依頼を受けよう」

「いいい、いや待て。ちょっと待て。お前、今、とんでもないことをしていなかったか……？」

メイルが困惑しながら訊く。

レーゼは一度この光景を見ているため驚いていない。紅茶を飲む彼女の横顔は何故か誇らしげだった。

「メイルが剣の腕を磨く代わりに、俺は色んな人と関わっているだけだ。そんなに凄いことではないと思うぞ」

「そ、そうだろうか？　……いや、絶対そんなことはないと思うが」

一瞬、納得したように見えたメイルだが、すぐに疑いを再燃させた。

「相変わらず、自己評価が低いな」

話を聞いていたレーゼが、溜息交じりに告げる。

『『白龍騎士団』として世界中を冒険してきた私から見ても、そのような芸当ができるのはお前だけだぞ、ネット」

「そう言われてもな……結局、俺は誰かの力を借りているだけだし」

「少なくとも私は、誰にでも力を貸すわけではないがな」

レーゼが短く告げる。

そこまで自己評価が低いつもりはない。俺は自分が成し遂げた結果については、しっかり記憶している。ただ、その全てが自力ではなく、誰かの力によるものだという話だ。

驕《おご》ってはならないだろう。

俺が他人の功績を、自分のものであるかのように振る舞えば——きっとそれが、縁の切れ目となる。

「なあ、ネット。一つ気になったんだが……そんなに稼げるなら、私たちが依頼を手伝わなくてもいいんじゃないか？」

メイルが質問した。

「人捜し系の依頼は常にあるわけじゃないんだ。モンスターと違って、対策もしやすいし……これればかりに頼るわけにはいかない」

モンスターの対策はどうしても限界がある。しかし遭難や失踪に関しては、周りの人が注意したり、迷いやすい道に立て看板を設置したりするなど、対策もしやすい。領主さえマトモなら、依頼が出れば出るほど少しずつ対策が整うはずである。そうなると当然、依頼の数は減っていく。

とにかく、俺のような人間は稼げる時に稼ぐべきだ。レーゼとメイル、頼りになる二人の協力者がいる今こそ、その稼ぎ時である。

「さて……どの依頼を受けるか相談しよう」

三人でギルドに設置された掲示板を見る。

掲示板には大量の依頼が張り出されていた。今回、俺たちが受注する予定なのは、数ある依頼の中でも比較的、報酬が高い討伐系のものだ。

「俺とレーゼの二人なら、普通のワイバーンの討伐を受けようかと思っていたんだが……」

そう言いながら、俺は掲示板に張り出された依頼用紙を指差す。

「……メイルが加わったことで三人になったし、このレッド・ワイバーン三体の討伐を受けよう」

「レッド・ワイバーン!?」

メイルが驚きの声を発した。

レッド・ワイバーンは、ワイバーンの上位種である。そのため依頼を受注する条件も「三人以上かつ平均ランクがB以上」となっている。

「レーゼがS級冒険者だから、受けられるはずだ。ただ、それだけだとすぐ終わるから……こっちのオーガ十体の討伐も受けよう」

「ちょちょちょ、ちょっと待て！　ネット！　こっちへ来い!!」

メイルが俺の首根っこを摑んで、ギルドの隅の方へ移動した。

「おおおお、お前！　私を殺す気か!?」

メイルが必死の剣幕で告げる。

「レーゼ様ならともかく、私はただの近衛騎士だ！　その辺の騎士に負けるつもりはないが……レッド・ワイバーンは無理だ！　あれはA級冒険者でも、一部の者にしか討伐できないようなモンスターだろう！」

「まあ、そうだが……」

「それにオーガも、一体ならともかく十体だと!?　無理だ！　死んでしまう！」

メイルは目尻に涙を浮かべながら言った。

レーゼと同席した時点で、精神的にいっぱいいっぱいになっていたのだろう。今のメイルに、いつもの涼しげな様子はどこにもなかった。

「も、もし私が足を引っ張って、それで万が一にも依頼を失敗してみろ。レーゼ様の完璧な経歴に、泥を塗ってしまうではないか……！」

「……そんなことを考えていたのか」

流石に硬くなりすぎである。

「別にレーゼも、完璧というわけじゃないけどな……」

「どこがだ!?　直接この目で見て、私はますますレーゼ様は完璧だと思ったぞ！　S級冒険者でありながら、あの美しい立ち振る舞い！　全身から醸し出される気高いオーラ！　存在感！

……ああ、本当に心の底から憧れる……っ!!」

恍惚《こうこつ》とした表情でメイルは語る。

どうやらメイルにとって、レーゼは本当に天上人そのものらしい。

しかし、レーゼのことをよく知る俺からすると……。

「…………見えないところは、完璧とは程遠いんだけどな」

メイルに聞こえない声量でこっそり呟く。

最低でも一つ、俺はレーゼの致命的な欠点を知っていた。だがそれをメイルに伝えることは躊躇《ため》われる。メイルの中にある、レーゼという名の美しい幻想を壊すのは少々申し訳ない。

「……仮に俺たちが足手纏いだったとしても、レーゼの実力なら問題ないと思うぞ」

「そ、それはそれで申し訳ないぞ。なんだか、頼ってばかりになってしまいそうだ……」

「本人がいいと言うなら、いいんじゃないか？」

そう言って俺はレーゼの方を見る。

俺たちの話を無言で聞いていたレーゼは、しっかりと頷いた。

「私は一向に構わん」

「よし、じゃあ決定だ」

こうして、俺たちの冒険は始まった。

◆

レッド・ワイバーンが目撃された場所までは、馬車で移動することになった。

王都の近くにある森に入った辺りから、路面が粗くなり、車体がよく揺れるようになる。ガタン、ゴトン、という音とともに視界が揺れる中、対面に座るメイルは、ずっと硬い表情で視線を下げていた。

「……メイル。いい加減、落ち着いたらどうだ」

「お、落ち着けるわけないだろ……」

メイルは俺の隣に座るレーゼを一瞥する。

よほどレーゼに憧れていたのだろう。メイルの緊張っぷりは凄まじかった。

「す、少し外を警戒してくる‼」

緊張が限界に達したのか、メイルは逃げ出すかのように馬車のドアを開き、外に出た。

走ってどこかへ向かうメイルを、俺とレーゼは窓から見送る。

「メイル殿は張り切っているな」

「空回りしなければいいけどな……」

張り切っているというより、緊張半分、興奮半分といった様子だ。

「ところで、ずっと訊きたかったんだが……ネットはどうしてエーヌビディア王国に来たんだ？」

レーゼが訊く。

そう言えば、まだ説明していなかった。

「ざっくり説明すると――」

俺はできるだけ簡単に、これまでの経緯を伝えた。といってもレーゼとは付き合いが長く、通信によるやり取りも何度かしていたため、真新しい情報はあまりない。伝えるべき内容は、王城で陛下に言われた話のみだった。

「そうか。勇者パーティから、追い出されたのか……」

全てを説明すると、レーゼは同情の眼差《まなざ》しを俺に注いだ。

「……さぞ、複雑な気分だったろうな」

「別に、そこまで複雑というわけではないが……」

「我慢する必要はない。私はお前の過去を知っているのだから」

それを言われると弱る。

レーゼとは、正式に同じパーティで冒険したことがない。しかし出会った時期は昔の方だ。だから彼女は俺の事情をある程度、知っている。

「ふむ、これはいよいよ私の出番か」

「……ん？」

そう言って、隣に座るレーゼはすっと俺に身体を近づけた。

互いの太腿《ふともも》が触れる。耳元でカチャリと甲冑の擦れ合う音がした。レーゼは背が高いため、俺の目と同じ高さに彼女の肩がある。

嫌な予感がした。

「ネット……甘えたい気分になったら、いくらでも胸を貸してやるぞ」

耳元でそっと囁《ささや》かれる。

背筋が凍った。

「やめろ」

「遠慮することはない。今、胸当てを外すから少し待て」

「マジでやめろ」

「ふふ、相変わらず照れ屋だな。……さあ、外したぞ。いつでも跳び込んでこい。私がお前に温《ぬく》もりを与えてや――」

「やめろって言ってんだろ」

「あいたっ」

異様な速さで胸当てを外し、抱き留める気満々なレーゼの頭に俺は手刀を叩《たた》き込《こ》んだ。

レーゼは残念そうな顔をする。

「つれない男だな……お前のせいで私の欲求は蓄積する一方だ」

「知るか」

思わず額に手をやり、俺は言う。

「何度も言ってるけどな……その甘やかしたがりな性格は早く直してくれ。巻き込まれる側からすると、たまったものじゃない」

「私だって何度も言ってるが、それは無理な相談だ。これは私の生まれ持った性分……つまり性癖なのだから」

レーゼは片手を胸の前にやり、誇らしげな笑みを浮かべて言った。ここまで自信満々に己の性癖を吐露できる女性が他にいるだろうか。

深く、溜息を吐く。

――レーゼ＝フォン＝アルディアラは、母性本能が強い。

具体的には、年下の男に甘えられたいという欲求が強い。これはレーゼと親しい一部の者のみが知る事実だ。レーゼは今、二十一歳で、俺は十八歳。年の差は三つしかないが、レーゼにとって俺は十分、性癖の対象となるらしい。

何が怖いって……レーゼは淡々と己の欲求を満たそうとしてくるのだ。

いつも通りの表情で、いつも通りの口調で、彼女は欲求の捌《は》け口《ぐち》を探し求める。

「なんで俺の周りは、こう、変な奴ばかりなんだ……」

「その答えは簡単だ。類は友を呼ぶ」

その理屈が罷《まか》り通《とお》るなら、俺とレーゼは同類ということになる。

勘弁してほしい。

「……『白龍騎士団』の仲間たちも、その性癖には迷惑しているんじゃないか？」

「いや、そんなことはない。部外者の前では隠しているからな。それに皆も『ネットなら別にいい』と言ってくれるぞ」

「なんで俺は公認されてるんだよ……」

「皆も背中を押してくれるし、だから私もネットに対してだけは遠慮しないことにしているんだ」

「……一度、『白龍騎士団』との関係を考え直さないといけないな」

団長が団長なら、団員も団員である。

俺は少し、あのパーティと距離を置くべきだろうか。

「こんな奴が、騎士たちにとっては憧れの的なんだから……世も末だ」

「周りの評判など関係ない。私は私だ。……というわけで、傷心しているなら私に甘えるがいい。頭を撫でてやろうか？　それとも膝枕がいいか？　こんなこともあろうかと耳かきを携帯しているぞ」

「どっちも不要だし、耳かきは捨てろ」

迫り来るレーゼの手を、俺はぺしりと払いのけた。

頼むから自重してほしい。

「とりあえず、早く胸当てを付け直してくれ。目の毒だ」

「やれやれ、お前のためにわざわざ外したというのに……仕方ない奴だな」

「仕方ないのはお前の頭だ」

胸当てを外したレーゼの上半身は、水着よりも薄い肌着一枚の状態で、豊満な身体つきがくっきりと浮かび上がっていた。

急に疲れた気分になる。頭が重たく感じた。

再び溜息を吐いた、その時――。

「戻ったぞ。辺りを見渡したが、まだモンスターは見つかりそうにな――」

外に出ていたメイルが、馬車に戻ってくる。

瞬間、メイルは目を見開いた。

狭い馬車の中。俺とレーゼは肌が触れ合うほど密着している。そしてレーゼの姿は、人に見せられるものではなく――。

「お、おおお、お前ぇぇ――ッ！　レーゼ様に一体、な、何をしているんだ!?」

「逆なんだよなぁ……」

思わず頭を抱える。何かされそうになったのは俺の方である。

メイルの誤解を解くために、わざわざ馬車を停めて十分ほど費やした。

◆

レッド・ワイバーンとの戦闘が始まった。

ワイバーンも龍も、角の生えた頭に、大きな翼、長い尻尾を持っているが、形状が近いだけでその性質は異なる。ワイバーンの身体は龍と比べて一回り小さく、更に龍と違って頑強な鱗《うろこ》に守られているわけでもないため、攻撃を当てることさえできれば勝機を見出《みいだ》せるモンスターだ。

ワイバーンは龍と違って理性を持たないため、その動きも獣らしく直線的である。つまり先読みしやすい。

日の前の上空で雄叫《おたけ》びを上げる三体のレッド・ワイバーンを見て、メイルは剣を構えた。

「メイル、コツは分かってきたか？」

「ああ。ネットが言っていた通り、奴らが下りてきた瞬間が攻撃のチャンスだな」

レッド・ワイバーンは好戦的だが、遠くにいる敵を攻撃する術を持たない。そのため、ワイバーンは俺たちに攻撃するために必ず一度地面に下りてくる。

「メイル殿、来るぞ」

「はい！」

先頭に立っていたメイルが、レッド・ワイバーンに狙いを定められた。

横合いから迫るワイバーンの巨軀。最初は怯えていたメイルだが、ようやくその速さと恐ろしさに慣れたのか、今度は最小限の動きでワイバーンの爪を避け――。

「せあ――ッ!!」

レッド・ワイバーンの胴体を斬りつける。

ワイバーンは悲鳴を上げて空へ逃げていった。しかし傷が深かったらしく、やがて墜落する。

後で一応確認はしなくてはならないが、あの様子だと討伐できているだろう。

「ところで、ネット……」

戦いを眺めていると、不意にメイルが声を掛けてきた。

「お前……レーゼ様とは、どういった関係なんだ」

もう何度もされた質問だった。

溜息を吐いて、俺は言う。

「まだ気にしているのか」

「き、気にするに決まっているだろう！　あんな狭い密室で、レーゼ様をあんな格好にさせておいて……！　し、しかもよく見たら、レーゼ様も満更ではなさそうだったというか……！」

思ったよりも鋭い観察眼を持っているらしい。

しかし、今はそれを戦闘のために使ってもらいたい。

「二体目のレッド・ワイバーンが来たぞ」

「おい、誤魔化す――――うわあ本当に来たっ!?」

メイルのポンコツ化が激しい。

レーゼとともに行動することで、彼女の騎士としての向上心も高まるのではないかと期待していたが、もしやこれは逆効果だろうか。

「く――このッ!!」

メイルは咄嗟《とっさ》に剣を縦に構えた。

刀身に掌を当て、迫り来るレッド・ワイバーンの爪を受け止める。直後、メイルは掌を柔らかく使い、衝撃を斜めに受け流した。レッド・ワイバーンの爪が刀身を滑る。

「やるなぁ」

「お、お前……！　お前は本当に、何もしないんだな……ッ!!」

「してもいいが、足を引っ張るぞ」

「くそぉぉぉぉっ!!　じっとしていろ!!」

メイルが額に青筋を浮かべて言った。

しかし、ギルドではさんざん「無理」だの「死ぬ」だの言っていたメイルだが、いざ戦ってみればなかなかいい勝負をしていた。そう簡単に倒すことはできないが、レッド・ワイバーンもメイルになかなか決定打を与えられないでいる。本職の騎士というだけあってメイルは守りに長《た》けているようだ。

「ネットが連れてきただけあって、筋がいいな」

いつの間にか隣に立っていたレーゼが、メイルの戦いを見つめながら言う。

「完全に偶然なんだけどな。……クラーケンの一撃をただの剣で防いでいたから、有望なのは間違いない。しかもあれで、まだ存在力は３だ」

「あれで３か。瞬間的に、存在力４に相当する力を出しているが……ふむ、鍛えれば化けそうだな」

レーゼが真剣な面持ちで、戦うメイルを観察する。

その様子に、俺は彼女が何を考えているのか察した。

「友好を深めるだけなら別にいいが、スカウトはやめておけよ。メイルは、王女殿下……ルシラ様のお気に入りだ」

「……承知した。相変わらず、お前は人の心を読むのが巧いな」

そうでもしなければ会話が成り立たない相手も、世の中にはいるのだ。

「どれ、この辺りで私も戦っておくか」

レーゼが鞘《さや》から剣を引き抜く。

シュルリと音を立てて抜き身となったその剣は、淡い光を宿していた。

「メイル殿、交代しよう」

「は、はい！」

メイルがワイバーンと距離を取る。幸いワイバーンたちもこちらの戦力を警戒しているらしく、二体まとめて襲ってくるようなことはなかった。

「行くぞ――」

レーゼが駆ける。

刹那、光の斬撃がレッド・ワイバーンの巨軀を切り裂いた。

あれがレーゼの特殊武装――《栄光大輝の剣《えいこうたいき》》である。

冒険者パーティ『白龍騎士団』の象徴《シンボル》でもある、白龍と呼ばれるモンスターの素材を使って生み出された剣だ。光を司《つかさど》る白龍の鱗と牙をふんだんに用いて鍛えられたその剣は、目にも留まらぬ一閃《いっせん》によってあらゆる物質を切断するという。

「あれがレーゼ様の戦い……な、なんて神々しいんだ……っ!!」

メイルは若干、興奮しすぎだが、それでも視線が釘付《くぎづ》けになるのは理解できる。

迸《ほとばし》る閃光は幾重にも連なり、目の前の戦場に光の華が咲きこぼれた。中心にいるレーゼはまるで舞台女優であるかのように、幾つもの光を浴びながら優雅に剣を振るっている。

レーゼの存在力は6……その膂力《りょりょく》は、足踏みだけで地面にクレーターを生み出し、拳だけで大木をへし折るほどのものだ。《栄光大輝の剣》と存在力6の膂力。この二つの組み合わせは凄まじい攻撃力を発揮する。

だが、その時——。

「ネット！　危ない!!」

メイルの叫び声が聞こえた。

見れば上空にいる三体目のレッド・ワイバーンが、俺に狙いを定めて突進していた。

巨大な質量だ。生身であの突進を受ければひとたまりもない。

メイルが叫ぶ。しかしその一方で、レーゼは俺を信頼しているのか全く焦っていなかった。

レーゼが無言で俺を見つめる。

防ぐか？

不要だ。

視線だけでやり取りを済ませる。

レーゼは俺の返答を予想していたのか、あっさり納得した。

——さて、どれを使おうか。

ポーチの中に手を突っ込み、取り出す道具を選択する。

だが、俺が道具を取り出すよりも早く、不思議な感触がした。

「ん？」

全身が淡く発光する。

おかしい。俺は何もしていないはずだが、その光は徐々に強くなり——。

「あっ」

キィン、という高い音とともに、光が周りに伝播《でんぱ》した。

突進したワイバーンは、いきなり現れた光の壁に弾かれ……俺の眼前で息絶えた。

◆

打ち所が悪かったのか、俺に突進してきたレッド・ワイバーンは死んでいた。

レーゼが残る一体のワイバーンを一刀両断して、すぐにこちらへ歩いてくる。

「今の光は、対象を敵の攻撃から守る魔法……《護身衣《ルーラシールド》》だな。それもかなり高位の術だ。いつの間に用意していたんだ？」

レーゼが俺に訊く。

しかし俺は、ここ最近の出来事を思い出したが……。

「……用意した覚えはない」

思わず脱力しながら、俺は答えた。

「また、誰かが勝手にかけたんだ。……感覚からして、多分リズだろうけど」

こういうことが多いから、俺はギルドに登録する際、特殊武装の項目に「その時による」と書いたのだ。非常に不本意ではあるが、俺は自分でも知らないうちに、変な魔法がかけられていたり、変な装備を持たされていたりすることがよくある。

「リズ殿は勇者パーティの魔法使いとして活動中ではないのか？」

「あいつ、最大で四百個くらい魔法を並列起動できるし……昔自分がかけた魔法を、忘れたまま維持することもあるからな」

しかし俺は自分にかけられた魔法ならしっかり記憶しているため、断言できる。この《護身衣》は無断でかけられたものだ。

助かったため、文句はないが……せめて一言言ってほしいとは思う。

「心臓に悪いからやめてくれと言っているんだが……何故か皆、こればかりはやめてくれないんだ。どの魔法使いも会う度に、勝手に俺の身体に魔法をかけるし、俺の身体にかけられた魔法を自分の魔法で上書きしたがる……」

「……お前、それはマーキングというやつでは……」

「何か言ったか、レーゼ？」

「いや、なんでもない。ネットは知らない方がいいだろう」

何かを呟いたような気がするが、レーゼは首を横に振った。

「とにかく、これで一つ目の依頼は達成したな。残りのオーガ討伐も今日中に済ませよう」

◇

全ての依頼を達成した後。

ネットたちは冒険者ギルドに戻ってきた。

「二人とも、今日は助かった。依頼の達成を報告してくるから二人はここで待っていてくれ」

ネットは慣れた様子で依頼の証拠品となるものをカウンターへ届けに行った。レッド・ワイバーン三体分の爪、オーガ十体分の角を、それぞれポーチの中から取り出す。

そんなネットの姿を、テーブル席に座ったメイルとレーゼは見届けた。

「レーゼ様。その、本日はともに行動していただきありがとうございます。大変勉強になりました」

メイルは対面に座るレーゼに、深々と頭を下げた。

するとレーゼは微笑を浮かべる。

「その様子だと、緊張も多少は解《ほぐ》れたようだな」

「す、すみません。やっと落ち着いてきたところです」

出会ったばかりの頃は尋常ではなく緊張してしまった。思い出すと恥ずかしい気分になる。

「あの、レーゼ様。答えにくいようでしたら、答えていただかなくても構わないんですが……」

依頼をこなすうちに緊張が和らいだメイルは、かねてより気になっていたことをレーゼに尋ねた。

「……何故、貴女ほどの人物が、ネットに協力しているんでしょうか？」

ずっと疑問だった。なにせレーゼは国内でも特に有名な冒険者であり、常に多忙な身であるはずだ。にも拘《かか》わらず、レーゼはネットのためにわざわざ時間を作り、依頼に協力した。嫌な顔一つせず……それどころか、やる気に満《み》ち溢《あふ》れた様子で。

「端的に言うと、返しきれないほどの恩があるからだ」

短く、しかしはっきりと、レーゼは告げた。

かの有名な冒険者パーティ『白龍騎士団』。その団長であるレーゼに「返しきれない」と言わしめるほどの恩とは一体何なのだろうか。

疑問を深めるメイルを他所に、レーゼはそれ以上、何も説明しない。

代わりに他のことを告げる。

「過去の恩を抜きにしても、ネットは背中を押したくなる男だぞ。……座右の銘は、他力本願。言うは易《やす》く行うは難しとは、まさにこのことだな」

どこか誇らしげにレーゼは告げた。

「ネットにも並々ならぬ苦悩と挫折があり、その結果、あのような生き方を選んでいる。……私はその生き方を、心の底から尊敬しているからこそ、協力しているのだ」

「尊敬、ですか……」

自分がレーゼに対して抱いている感情を、レーゼはネットに抱いているらしい。

正直、それは――想像がつかないことだった。確かにネットには独自の強さがあり、ある種の尊敬の念は既に抱いている。しかし、レーゼほど尊敬できるかと問われれば難しい。

結局のところ、ネットの力はどこまで突き詰めても他力本願でしかない。

珍しいとは評価できても、レーゼが言うように心の底からの尊敬となれば、今のところできそうになかった。

「メイル殿もいずれ分かるさ。あの男のために剣を振ることが、どれだけ誇り高いかを」

レーゼが心を見透かしたかのような眼《め》でメイルを見る。

数十秒後、カウンターの方からネットが戻ってきた。

「悪い、待たせたな。報酬を貰ってきたぞ」

◆

「す、凄い額だな」

「これなら山分けに困ることもないな」

レッド・ワイバーン三体の討伐と、オーガ十体の討伐。

それぞれの報酬金を見たメイルとレーゼが、各々の反応を示した。純粋に驚くメイルと違って、レーゼは既に山分けのことを考えている。『白龍騎士団』の団長であるレーゼにとって、この程度の報酬は大したものではないのだろう。

「俺の取り分は一割でいい」

「えっ？」

俺の言葉を聞いて、メイルが驚いた。

「流石にここで三等分を提案するほど、俺は厚かましくないつもりだ」

戦闘中、俺は何もせず棒立ちになっていただけだ。《護身衣》によるイレギュラーはあったが、あれは俺の功績とは言えないだろう。

「いや、報酬は同じ割合にしてもらいたい」

レーゼが真面目な表情で言う。

しかし俺も、簡単に譲る気はなかった。

「レーゼ。こういうのはちゃんと、働きに応じた分だけ貰うべきだ」

「そうか。なら、多めに貰った分は後日お前宛でギルドに預けておくぞ。私が貰った金は、私がどう使おうと勝手だからな」

「……おい」

そんなことをされたら、抵抗のしようがない。

何も言い返せなくなった俺を、メイルは意外そうな目で見ていた。

「ネットでも、誰かに言いくるめられることがあるんだな……」

「ふっ。伊達にネットとの付き合いが長いわけではないからな」

レーゼが誇らしげに言った。

それから、彼女は少しだけ真剣な面持ちとなって俺を見据える。

「ネットには日頃から、情報提供や交渉、相談などで世話になっている。その分の借りを返したいだけだ。……これは『白龍騎士団』の総意と捉えてもらっても構わない」

「……分かった。ならレーゼとは等分する」

溜息を吐いて俺は頷いた。

すると、レーゼの隣に座っていたメイルも口を開く。

「私も等分でいいぞ。元々、今日の目的はネットを手伝うことで、報酬に関しては度外視だったはずだ。それに……ここで私が多めに報酬を貰ってしまうと、ルシラ様が怒る」

流石に王女殿下の面子《メンツ》を持ち出されると、どうしようもない。

唇を引き結ぶ俺に、メイルは少し勝ち誇ったような笑みを浮かべた。俺を言い負かして嬉しいらしい。

「……じゃあ三等分な」

俺だって別に報酬が欲しくないわけではない。

貰えるというなら、貰ってやるまでだ。

「レーゼ様、ネットを言い負かすと気持ちいいですね」

「そうだろう。……まあどうせこの男は、多めに貰った分をどこかに寄付するだけだと思うがな」

「え」

メイルが目を丸くする。

レーゼは訳知り顔で俺に質問を繰り出した。

「今、ネットが経営している孤児院は四つだったか？」

「五つだ。最近また増えた。今回はそこに寄付する」

「傭兵団《ようへいだん》も持っていただろう？　あれはどうした？　最近聞かないが……」

「東の方にある共和国にレンタルしてる。便宜上、騎士団という名前に変わったからレーゼが気づいていないだけで、今もそれなりに目立っているぞ」

そんなふうに会話する俺とレーゼに、メイルは目を見開いた。

「な、なあ、今更なんだが……ネットって、実は凄まじい権力を持っているのではないか？」

「ただ顔が広いだけだ」

たまにそういうことを言われるので、俺はお決まりの返答を反射的に告げた。

しかし、レーゼがすぐに俺の言葉を掻き消すかの如く告げる。

「メイル殿もそろそろ分かっていると思うが、こういう時のネットの発言は真に受けない方がいいぞ」

レーゼは俺の味方ではなく、俺の敵かもしれない。

思わずそんなことを考えてしまうほどの発言だった。

その時、ポーチの中から震動を感じる。

カタカタと小さな音が鳴るポーチを開くと、通信石の一つが着信を報《しら》せていた。

「……姫様？」

石の表面には、アイリス＝インテールと記されていた。

「悪い、ちょっと通信が入ったから席を外す」

「相手は誰だ？」

「インテール王国の姫様だ」

レーゼの問いに答えながら、俺は椅子から立ち上がった。

「……一国の王女と気軽に通信できる時点で、おかしいと思うんだが」

「ようこそメイル殿、こちら側の世界へ。あの男と一緒にいると退屈しないぞ。……気を抜けば常識がねじ曲げられるから注意してくれ」

背後で到底納得できない言葉が聞こえたが、真面目に取り合うのも癪《しゃく》だったので無視することにした。

通信に出る。

『ネット様!!』

通信石の向こうから、聞き慣れた明るい声音が聞こえた。

「久しぶりだな」

『はい！　お久しぶりです！』

インテール王国の姫様は今日も元気いっぱいらしい。もし姫様に犬の尻尾が生えていれば、今頃さぞや激しく揺れているだろう。そんな様子だ。

「いいのか、俺と通信して。どうせあの陛下のことだから止められているんだろう？」

『大丈夫です！　ちゃんとお父様の監視から逃れた上で通信していますから！　この程度の逆境で、私とネット様の仲が引き裂かれることはありません！』

「そりゃよかった」

姫様も伊達に王族ではない。陛下の言いなりにならない胆力もあるし、不要な争いを避ける頭脳も備わっていた。

巷《ちまた》では声を掛けることすら憚《はばか》られるほど高貴な女性と評判な姫様だが、王族としての能力や立場を抜きにすれば、ただの明るくて口数が多い、年頃の少女そのものだ。とは言え普段は公務で忙しいはず。こうして通信してきたということは、火急の用件でもあるのかもしれない。

「何かあったのか？」

『はい。ネット様が旅立ってから、インテール王国の方で幾つか変化がありましたので、念のためお伝えしようかと』

「それは助かる。勇者パーティの動向については、こちらも新聞などで知っているから省略してくれて大丈夫だ」

『承知いたしました』

急ぎの用件というわけではなかったが、いずれ俺の方から訊かなければならないと思っていた情報だった。姫様との付き合いもそれなりに長い。俺の考えを読み取ってくれたのだろう。

『まず、城の人事についてです。ヨアルダール財務官が城を去りました。お父様と宰相が、勇者パーティの損害賠償を税金で賄おうと考えたところ、意見が割れたようです』

「そうか。……財務官がこのまま国を去るようなら、俺に連絡するよう言ってくれ。次の職場くらいなら紹介できるはずだ」

『ネット様ならそう言うと思っていましたので、既に通信石をお渡ししています』

「流石、手際がいいな」

『ネット様のことなら何でも分かりますから！』

ふふん、と得意気な声が聞こえる。

ヨアルダール元財務官は、能力が高い上に性格もよく善人で人望が厚い。打算的に考えれば貸しを作っておいて損はないし……打算を抜きにしても、純粋に手助けしたい相手である。

『次に、軍部にも幾つか動きがありまして――』

姫様は続けて説明する。

俺は必要に応じて、手帳にメモを取った。

『枢機卿の立場が変わったので、私たちが運営する孤児院にも影響が出るかもしれません』

「確かに、そうかもな……」

話は俺が運営している孤児院にも及んだ。

インテール王国の片田舎にある、小さな孤児院……牧歌的な村を自由に駆け回る子供たちのことを思い出す。

「悪いな。孤児院のこと、いつも任せっぱなしで」

『いえ！　元々あの孤児院は、私とネット様の二人でやりくりしていますし……それに孤児院の子供たちと遊ぶのは、私にとってもいい息抜きになりますから』

「……そう言ってくれると助かる」

『子供たちも、ネット様に会いたいと言っていましたよ』

「そうか。……いつになるか分からないが、なるべく早めに時間を作ってみる」

俺は孤児院を五つほど持っているが、顔を出すことは滅多にない。今回のように定期的に通信で様子を確認し、必要な資金を送っているだけだ。

子供たちには、さぞや冷たい男と思われているのだろう……と、諦念に近い感情を抱いていたが、姫様の話によるとそうでもないらしい。もっとも、ただの慰めの言葉かもしれないが。

「しかし、あれから色々あったみたいだな」

『はい。本当に、ネット様が国を発ってからは色々と騒がしくなり――』

姫様の言葉が不意に途切れたかと思いきや、

『――そうです！　ネット様！　どうしてエーヌビディア王国にいるんですかっ!?　私、ネット様が国を去るなんて話、全然聞いてませんでした!!』

大きな声が聞こえ、俺は通信石を少し耳から遠ざけた。

俺のことなら何でも分かるんじゃなかったのか？　……という突っ込みは控えておく。

「あー……悪い。でも、言ったら止められる気がしたし」

『当然です！　ただでさえネット様は滅多に帰ってきませんのに！　せめてもう少しお話ししたかったです！』

「話なら今してるだろ」

『直接、お顔を見て話したかったんです!!』

それは申し訳ないことをした。しかしタイミングを逃すと陛下に目をつけられそうだったので、今回ばかりは仕方ない。

今頃は陛下も勇者パーティの動向に頭を悩ませているだろう。俺も彼らの扱いには苦労したため、同情心が湧かないわけでもないが、自業自得なので放っておくことにする。

「話は変わるが、エマ外交官はそっちにいるか？」

『エマ外交官ですか？　……いえ、まだ派遣された国から戻っていませんけど、何かあったんですか？』

「いや、そういうわけじゃないんだが……あの外交官は諸外国を回っているだけあって、俺の他国での活動にも詳しいからな。普段は口が固いが、状況が状況だし、もしかしたら陛下に何か言ってるんじゃないかと思ったんだ」

『……口止めしておきますか？』

「いや、いい。陛下や宰相も、いずれ俺のことを調べ直すだろう。……この辺りが潮時と考えることにする」

どうせ俺はもうインテール王国にはいないのだ。

何かを知られたところで、俺自身の生活にそこまで影響は出ないだろう。

『そう言えば、お父様のことで一つ気になったことが』

姫様は思い出したかのように言った。

『先刻、宰相がお父様の指示で、エーヌビディア王国について調査していました。もしかすると……何か企《たくら》んでいるのかもしれません』

「……企んでいる？」

不穏な気配を感じるその言葉に、俺は眉根を寄せた。

◇

数刻前、インテール王国の王城にて。

王の執務室に、宰相が慌てた様子で駆け込んできた。

「陛下！　報告です！」

「聞きたくない!!」

「勇者がまた町を壊滅させました！」

「ああああああああああああああああ!!」

国王は威厳を捨てて叫んだ。豪奢な椅子から転げ落ちて頭を抱える。

そんな王に同情を抱きつつも、宰相は報告を続けた。

「報告によると、勇者パーティはエドウィン鉱山の中腹で、魔王の配下と交戦したそうです。しかし戦いの余波により、大規模な土砂崩れが発生。幸い、魔法使いのリズが住民を避難させたため、犠牲者は出ませんでしたが……住民は助けても、町は一切守らなかったようで……」

「どうしてそんな戦い方をするんだ!!　もう少し周りに気を使えんのか、あいつらは!?」

それはもう一度目の報告の時点で分かっていたはずだ。

国王は額に手をやる。

「通信石を持ってこいッ!　ユリウスに話を聞く!!」

「ユリウスは鬱で倒れています」

国王は強く床を踏みつけた。倒れたいのは自分の方である。

「くそ、忌々しい……!　他のメンバーは今、何をしている!?」

「大体は前回と同じです。勇者はまたどこかへ失踪し、戦士は山の頂上に棲息している伝説のモンスターへ挑戦しに行きました。魔法使いは洞窟の奥で新魔法の開発に没頭しており、僧侶は墓地に眠る死者を蘇らせて連日お祭り騒ぎとのことです」

随分と楽しそうなことをしている――こちらの気も知らずに。

「やはり、奴らはユリウスの指示に従う気がないのか」

「……はい。相変わらず、ネットを引き合いに出して拒絶されます」

国王は顔を顰めた。

一点だけ認めなくてはならないことがある。ネットの影響力は、自分たちが想像していた以上に強かったということだ。

「いっそ、ネットを亡き者にするか」

ボソリと、小さな声で国王は呟いた。

「何の取り柄もない、あのような男が勇者パーティを制御できるはずもない。……洗脳か、あるいは弱みを握って脅迫しているのか。……いずれにせよ、いつまでもあの男に引《ひ》き摺《ず》られるようなら、いっそあの男の存在を消してしまえばいいのだ。そうすれば、少しは勇者パーティのメンバーも頭を冷やすだろう」

「しかし、それは少々過激では？」

「馬鹿を言うな！　元はといえば、勇者パーティは奴が集めたものだ！　あのパーティの行動の責任は奴にもある！　これまでの損害を考えると、十分極刑に値する大罪だ！」

国王は怒りの感情を露わにして叫んだ。

「それにあの男は、以前から気に入らなかったのだ！　娘をたらし込んだ糞餓鬼《くそがき》め……絶対に許さんッ!!」

「……それが本音ですね」

宰相が小さく溜息を吐く。

「しかし、亡き者にするといっても、どうするつもりですか？　ネットは既に国外へ出ているとの情報ですが……」

「……確か奴は今、エーヌビディア王国にいるんだったな」

ネットの行方については既に摑んでいた。港町に駐在している衛士から、エーヌビディア王国行きの船に乗ったという報告があったのだ。

「それならいい手がある。……エーヌビディア王国は、我が国に大きな借りがあるからな」

「……なるほど。あれを利用するつもりですね」

［第二章］　毒魔龍

報酬を三等分して冒険者ギルドを出た後。

「む……？　ルシラ様からの通信か」

ふと、メイルが甲冑の内側から通信石を取り出し、耳に近づけた。

しばらくすると、通信を終えたメイルは石を仕舞いながら俺の方を見る。

「ネット、ルシラ様が城に来てほしいそうだ。何か頼み事があるらしい」

「俺に頼み事？　……まあ、とりあえず行ってみるか」

今から宿を予約するつもりだったが、王女殿下に呼ばれているならそちらを優先するべきだろう。それにこの街には宿屋が多い。寄り道しても満室になることはないだろう。

「私はこの後、パーティの仲間たちのもとへ行かねばならない。二人とはここで一度お別れだな」

城へ向かおうとした俺とメイルに対し、レーゼは立ち止まって言った。

今日はここで解散した方がよさそうだ。

「レーゼ、今日は助かった。また何かあったらよろしく頼む」

「レーゼ様！　本日は貴重な経験をさせていただき、ありがとうございました‼」

軽く礼を述べる俺の隣で、メイルは深々と頭を下げた。

そんな彼女の様子に、レーゼは柔和な笑みを浮かべ、踵を返す。

「ああ……本当に、今日は貴重な体験をした」

「最初はかなり緊張していたから、どうなるかと思ったけどな」

「そ、それを言うな。自分でもあんなに緊張するとは思わなかった」

メイルが微かに頰を赤らめて言う。

そして二人で、ルシラ様のいる王城へと歩き出した。

陽は既に沈んでおり、肌寒い風が頰を撫でる。冒険者ギルドの付近には酒場が多いため、あちこちから騒々しい声が聞こえた。しかし城に近づくにつれて雰囲気が落ち着き始める。昼間に見た王城は、権威の象徴と言っても過言ではないほど大胆で壮麗に見えたが、夜に眺める王城というのも、気高くて神秘的な印象を受け、風流な気がした。

「ネット、こちらだ」

メイルの案内に従い、俺は城を歩く。

「前回と同じ部屋じゃないのか？」

「ああ。今回は謁見の間に案内するようにと言われている」

それは不思議なこともあるものだ。

謁見の間は、訪問者に対して王族の権威を示す場所である。しかし俺は前回の訪問時、既にルシラ様の素を目の当たりにしている。今更、権威を示す意味なんてないはずだが……。

「失礼いたします」

荘厳な扉が開き、メイルとともに謁見の間に入った。

大きな部屋だった。床は磨き抜かれて光を反射しており、辺りに無駄な装飾品は一切置かれていない。そのシンプルな光景からは独特な力強さを感じた。大きな窓、大きな階段、大きな椅子。全てが部屋の奥に座す王族の存在を強調していた。

部屋の両脇には、武装した騎士が無言で佇んでいる。

張り詰めた空気が立ちこめていた。

「よく、来てくれたのじゃ」

豪奢な椅子に座ったルシラ様が、俺を見て言った。

しかしその表情を見て、俺は頭を下げるよりも前に違和感を覚える。

「……ルシラ様？」

以前、夜通し会話した時のルシラ様とは様子が違う。

まるで切羽詰まっているかのような……胸中の苦しみを辛うじて抑えているかのような表情を浮かべていた。

「今日は冒険者ギルドに足を運んだそうじゃが、無事に登録はできたのか？」

「はい。メイルに案内してもらったおかげです」

「それはよかったのじゃ」

短い世間話が終わる。

嫌な予感がした。本題の前に、こうして平和的な会話をするということは——本題は平和的でないということだ。

「本題に入ろう。実はお主に、頼みたいことがあるのじゃ」

ルシラ様は告げる。

「毒魔龍《どくまりゅう》というモンスターを、知っておるか？」

「……聞きかじった程度なら」

「では、念のため説明しておくのじゃ」

ルシラ様は語り始めた。

「毒魔龍は、エーヌビディア王国の北部で誕生した、その名の通り猛毒を宿す龍じゃ。そして……エーヌビディア王国の国民が、唯一信仰、し、て、い、な、い、龍でもある」

エーヌビディア王国の別名は、龍と契りを結んだ国。

国民の大半は龍のことを神聖視している。しかし、そんな国民があえて信仰していない龍とは……。

「毒魔龍は非常に凶暴で、古くから我が国を蹂躙《じゅうりん》してきた。奴の毒に侵された土地は、長期間にわたって作物が育たず、更にありとあらゆる疫病の元となる。その被害は大きく、もはや数え切れない死者が出ている状況じゃ」

神妙な面持ちでルシラ様は続ける。

「毒魔龍の被害は、やがて我が国だけでなく諸外国にも及んだ。魔王ほどではないかもしれんが、毒魔龍も世界的に脅威と認定されているモンスターじゃ」

名前だけなら俺も聞いたことがある。きっとほとんどの者がそうだろう。

魔王ほどではないにせよ……それだけ知名度の高いモンスターは珍しい。

「その、毒魔龍の討伐を——お主にやってもらいたい」

「……は？」

あまりにも想定外な言葉が告げられ、俺は思わず疑問の声を発した。

「お主なら、倒せるのじゃろう？　そう聞いておる」

ルシラ様の口から含みのある発言が繰り出される。

だが俺にとってはまるで心当たりがない……あまりにも無茶な要求だった。

「ル、ルシラ様！」

困惑する俺の隣で、メイルが発言した。

「口を挟むことをお許しください。しかし、相手はあの毒魔龍……いくらなんでも、個人の手に負えるものではありません！　一年前、近隣諸国と連合軍を編成したにも拘わらず、返り討ちにされたことをお忘れですか!?」

「無論、覚えている。それでもネットなら倒せるそうじゃ」

ルシラ様の態度は頑なだ。

一年前というと……丁度、俺は別の大陸にいた時期である。この辺りで幾つか大きな戦いが起きたとは聞いていたが、今まで細かくは調べていなかった。どうやらそのうちの一つが、この毒魔龍を巡る戦いらしい。

「ルシラ様には、俺が毒魔龍を倒せるように見えますか？」

「……お主なら倒せるという情報を、耳にしておる」

「その情報は誰から聞きましたか？」

「言えん。……そういう約束じゃ」

ルシラ様は目を伏せて言った。

どうにも要領を得ない回答だ。はぐらかされている。

「……すまぬ」

ルシラ様はか細い声で謝罪した。

「酷なことを、言っている自覚はある。じゃが……妾にも、後に退けぬ理由があるのじゃ……」

まるで涙を堪える子供のように、ルシラ様はスカートをきゅっと摑みながら、震える声で言う。

「頼む。どうか、毒魔龍を倒してくれ。お主がその首を縦に振らんと言うなら——引き受けてもらうまで、拘束させてもらうのじゃ」

拳を握り締め、良心の呵責《かしゃく》を振り切ったルシラ様は、涙に潤んだ瞳で俺を睨んだ。

その宣言と同時に、部屋の両脇に立つ騎士たちが剣の柄に手を添える。

ここで俺がルシラ様の話を承諾しなければ、すぐにでも拘束するつもりなのだろう。

「ま、待て！　お前たち！　これはどういうことだ!?」

メイルが困惑した様子で、騎士に尋ねる。

騎士たちはメイルと同じ鎧を身に纏っていた。つまり、彼らはメイルの同僚だ。だからこそメイルには、目の前の事態が理解できないらしい。

「メイル、事情は後で話す。だから今は我々に協力して、あの男を拘束しろ」

「で、できるわけないだろう！　ネットは恩人だぞ!!」

「殿下の命令を優先しろ。……近衛騎士メイル、貴様の役目はなんだ？」

その言葉に、メイルは口を閉ざした。

「く、う……ッ!!」

騎士としての義務と、人としての道理の間で、メイルは葛藤していた。

強く噛み締めた彼女の唇から、一筋の血が垂れ落ちる。

——さて。

どうするべきか、俺は考えた。

メイルは力になってくれそうにない。いや、恐らく助けを求めれば動いてくれると思うが、今の彼女の精神状態ではマトモに戦えないだろう。

今回の元凶であるルシラ様に、俺は改めて視線を注いだ。

よく見れば目が赤く腫れている。……直前まで泣いていたのだろう。しかし、先程までは自責の念を感じていた様子だったルシラ様だが、今は強い意志を秘めた瞳で俺を見据えていた。

狼狽《ろうばい》するメイルとは裏腹に、ルシラ様は覚悟を決めたようだ。

「ルシラ様。残念ながら、俺は冒険者の中でもかなり弱い部類です。毒魔龍の討伐なんて、できませんよ」

「……お主は口が巧いとも、聞いておる」

「……なるほど」

苦笑する。少なくともこの場では説得できそうになかった。

しかし、だからと言って、今の俺が毒魔龍を倒せるのかというと——当然、不可能である。

「流石に……頷くことはできないな」

近くにいた騎士たちが一斉に剣を引き抜いた。

迅速な判断だ。しかしルシラ様は拘束すると言っていた。……騎士たちに俺を傷つける意図はない。その剣は脅しだ。

「一旦退《ひ》かせてもらうぞ」

そう言って、俺はポーチの中から小さな球体を取り出し——床に叩き付けた。

瞬間、球体が割れ、中から大量の白い煙が噴射される。

「なっ!? 煙幕っ!?」

「に、逃がすな！ 必ず捕まえろ!!」

騎士たちに包囲されるよりも早く、俺は近くの窓を開けて外に飛び出た。

ポーチの中から鉤縄《かぎなわ》を取り出し、真正面にある城壁へ投擲《とうてき》する。先端の鉤が壁の窪《くぼ》みに引っ掛かったことを確認し、俺は縄を摑みながら遠くの足場へと着地した。

「な、なんて逃げ足だ……もう、あんなところに……っ!?」

「くそっ！ 追え!!」

遠くから騎士の喧騒が聞こえる。

これでも逃げ足には自信がある方だ。なにせ俺は、単独で戦えばほぼ間違いなく敗北してしまう。だからその状況から逃れる術は常に幾つか用意している。

とは言え……その逃げ足すら極めることができなかったから、俺は人脈を磨くことにしたのだ。

ポーチの中から通信石を取り出し、頼りになる相手へ連絡を入れる。

「レーゼ、緊急事態だ。助けてくれ」

『承知した』

レーゼは短く協力の姿勢を示した。

ありがたい。こういう時は本当に、頼りになる相手だ。

『場所はどこだ？』

「王城の裏口を出たところだ。今、ギルドの方に向かっている」

狭い路地を抜けると、背後から「いたぞ！」と騎士の叫び声が聞こえた。

人目を気にしている場合ではない。表通りに出て、沢山の露店が並ぶ道を真っ直ぐ駆け抜ける。通行人たちはそんな俺を見て驚愕していた。

構図がマズい。騎士に追われている俺は、傍から見れば逃走中の犯罪者だ。正義感溢れる市民が、今にも飛び出してきそうで恐ろしい。

とにかく早く、この状況から脱しなければ。

『ネット。敵は、倒してもいい存在か？』

通信石から聞こえたその問いに、俺は少し悩んだ。

相手はエーヌビディア王国の騎士たちだ。俺はともかく、『白龍騎士団』はこの国に拠点を持つ冒険者パーティ……王国と『白龍騎士団』が敵対するのは、お互いにとって損しかない。

「……無力化に留《とど》めてくれ。なるべくレーゼがやったという証拠も残さない方がいい」

『承知した。どうやら、きな臭い事情のようだな』

理解が早くて助かる。

そう、今回の一件は本当に――きな臭い。ルシラ様の態度も気になるし、このタイミングで起きたことも気になる。

『七秒後、頭を下げろ』

レーゼの声が聞こえた。

俺は通信石をポーチに戻し、立ち止まる。

「よ、よし……なんとか、追いついたぞ……ッ!!」

「抵抗するなよ……！　そのまま、じっとしていろ……ッ！」

二人の騎士が警戒しながら近づいてくる。

ここまで走ってきたのだろう。顎から汗を滴らせ、肩で息をする彼らには些《いささ》か申し訳ないが――。

「歯、食いしばった方がいいぞ」

「は？」

騎士が首を傾げた刹那、その背後で光の斬撃が閃《ひらめ》いた。

勢いよく吹き飛んだ二人の騎士は、頭を下げた俺の真上を通過し、最後は壁に激突して動かなくなる。

「助かった」

「なに、お安いご用だ」

目の前から悠然と歩いてやって来るレーゼに、俺は礼をした。

「ネット、怪我《けが》はないか？」

「ああ」

「怖くなかったか？　寂しくなかったか？」

「怖くも寂しくもな…………おい、さり気なく頭を撫でるな」

「いいではないか、少しくらい。ちなみに私は寂しかったぞ」

知るか……と言いたいところだが、助けてもらった身としては多少報いたい気持ちもある。

抵抗をやめて、しばらく頭を撫でられることにした。美しい金髪が鼻の先を掠《かす》り、くすぐったく感じる。呼吸すると、ほんの微かに香水の甘い香りがした。

優しく頭を撫でていたレーゼの動きが、次第に激しくなる。

やがてレーゼは鼻息荒く、興奮した様子で——。

「駄目だ、もう我慢できん。少しだけ抱き締めさせてくれ」

「やめろ。お前そう言って一日中放さなかったことがあるだろ」

肩を押して突き放すと、レーゼは残念そうな顔をした。

「しかし……先程ネットを追っていた連中は、この国の騎士ではないか？　何があったんだ」

「それが、俺にも分からないんだが……」

とりあえず、ルシラ様と話した内容をレーゼに伝えた。

だが、レーゼもルシラ様の豹変《ひょうへん》した態度に心当たりはないらしく、不思議そうな顔をする。

「相変わらずのトラブル体質だな」

「……俺のせいみたいに言うなよ」

確かにトラブル体質の自覚はあるが、それは色んな人と接する以上、仕方のないことだ。

トラブルには慣れている。しかし……今回は不可解な点が多く、迂闊《うかつ》に動けない。

「毒魔龍の討伐をネット一人に依頼するとは、どう考えても普通の思考ではない。何か事情がありそうだな」

「……多分な」

レーゼの言葉に俺は首肯する。

「軽く話してみたところ、ルシラ様は、本心では俺が毒魔龍を倒せるとは思っていないようだった」

「ふむ。にも拘わらず、お前に毒魔龍の討伐を強要したのか」

「ああ。つまり……本当の目的は他にある」

毒魔龍を倒すことが目的なら、俺よりもっと信頼のおける人間に任せるべきだろう。それこそ、エーヌビディア王国が誇る冒険者パーティ『白龍騎士団』などに。

しかし、ルシラ様はそうしなかった。

彼女はあくまで俺に依頼することを重視していた。ということは――。

「目的は――俺を毒魔龍にぶつけることだな」

俺と毒魔龍が戦うこと。

恐らくそれ自体が目的なのだろう。

「理解できんな。何故、ルシラ様がお前にそんなことをする」

「さぁな。それが分かれば、説得の可能性も見つかりそうだが……」

「何か粗相でもしたのか？　無理矢理スキンシップを迫ったんじゃないだろうな」

「お前と一緒にするな」

そんなことするわけないだろ。

相手は王族だ。楽しく会話をしていただけだし、その上で気も使っていたつもりだ。

頭を冷やす。

どうしてルシラ様は俺と毒魔龍を戦わせたいのか、まずはその事情を調べた方がいい。

あるいは、いっそ――毒魔龍の討伐を承諾してしまうか。

「……レーゼ。『白龍騎士団』を総動員すれば、毒魔龍を討伐できるか？」

「無理だ」

即答される。

「物理攻撃を得意とする我々にとって、毒魔龍は相性が悪い。アレは近づくだけでも猛毒を受けてしまう、まさに難攻不落の砦《とりで》だ」

「……まるで戦ったことがあるような口振りだな」

「ああ。実際、一年前に戦った」

レーゼは続けて説明する。

「毒魔龍討伐のために、近隣諸国の有志を集めて連合軍が編成されたんだ。『白龍騎士団』もその戦いに参加した」

そう言えば、メイルが言っていた。連合軍を編成して毒魔龍に挑んだが、返り討ちにあったとか。……その戦いにレーゼは参加していたらしい。

「あと少しのところだったんだがな、それ以上に被害が大きすぎて撤退するしかなかった。……あれはなかなかの地獄だったぞ。幻覚、幻聴、身体の麻痺《まひ》に、堪えきれない激痛。肌が爛《ただ》れる者もいれば、延々と吐血する者もいた。後遺症が残った者もいる。……毒とは、こうも恐ろしいものなのかと痛感した」

「……できれば一生経験したくないな」

説明が生々しい。本当にその光景を目の当たりにしてきた人間の言葉だ。

俺には耐えられそうにない。

「何にせよ、まずはルシラ様の意図を知りたい。そのためには、本人と直接話すのが一番手っ取り早いんだが……こうなってしまった以上、会いに行くのは難しいし、どうするべきか……」

考えを口に出して整理する。

その時、レーゼが何か思いついたかのような様子で口を開いた。

「ネット。妙案が浮かんだ……というか思い出した」

レーゼが告げる。

「協力者を紹介する」

「……協力者？」

「実はあの城の中に、お前がかつて救った人物がいるんだ。……以前『白龍騎士団』に、お前に救われた礼がしたいと言って、わざわざ訪ねてきたことがあってな」

「……そんなことがあったのか」

俺が過去に救った人物。流石にその情報だけで相手が誰かは思い出せないが、過去の行動が今の自分を助けるというのは感慨深いことだ。

城の中にいるというなら、ルシラ様との面会にも力を貸してくれるかもしれない。

これは、乗るべき提案だ。

「よし、紹介してくれ」

「承知した」

◆

再び城へ向かう途中、レーゼは通信石で協力者と話し合っていた。

いつ、どこで合流するか、城の警備状態はどうなっているかなど、一通り確認してもらう。

やがてレーゼは通信石を甲冑の内側に仕舞い、俺を見た。

「段取りがついた。合流地点は、城内にある大食堂の厨房《ちゅうぼう》だ。使用人の出入り口を利用すればすぐに行けるらしい」

「分かった。ただ、無策に突っ込めば間違いなく捕まってしまうから……」

レーゼと視線を交錯させる。

こちらの言いたいことを察したのか、彼女は不敵な笑みを浮かべた。

「私の出番だな」

「……ああ。任せる」

自然と役割分担が済む。付き合いが長いと意思疎通が円滑で気も楽だった。

周囲にいる騎士たちに見つからないよう、狭い路地裏を歩いていると、小さな露店を見つけた。衣服……それも旅装束を専門に扱っている店らしい。王都は観光客が多いから、旅に役立つ商品の需要も高いのだろう。

「レーゼ、警戒を頼む。少しあの露店に寄りたい」

「露店？　何か買うなら私が行った方が安全ではないか？」

「レーゼじゃ駄目だ」

短く告げて俺は露店に向かった。

無精髭《ぶしょうひげ》を生やした店主は、すぐ来客に気づく。

「いらっしゃい、お兄さん」

「この黒い外套《がいとう》を一着頼む」

「これですかい？　お兄さんには少し大きい気がしますが……」

「これでいい。代金はここに置いておくぞ」

あまり悠長にしていられないので、目的の物を手に入れた俺は速やかに店を去った。

そして再びレーゼと合流する。

「レーゼ、これを着てくれ」

「それはいいが……何故だ？」

「『白龍騎士団』の団長であるお前が、表立って城の騎士と戦うわけにはいかないだろ」

「む、そう言えばそうか。失念していた」

そんな大事なことを失念しないでほしい。

レーゼが直接購入すれば足がつくので、先程は危険を承知で俺が購入した。……この手の尻拭いは高確率で俺の仕事になるのだから、今のうちに対策させてもらう。

「……待てよ。よく考えれば、ネットから贈り物を貰ったのは、これが初めてではないか？」

「……そう言えば、そうかもな」

「流石にそれは複雑だ。事が終わればやり直しを要求する」

「分かった、分かった。なんでもやるから後にしてくれ」

「なんでもと言ったか？　それは添い寝とかも頼んでいいのか？」

「物品限定だ。とにかく後にしてくれ」

疲れた。……身体ではなく心の方が。

基本的にS級冒険者は、大抵の敵に勝つことができるため、危機感が薄い者も多い。……厳密には危機感が薄いというより鈍感だ。あらゆる苦難を乗り越えてきた歴戦の猛者たちにとって、大慌てするほどの危機というのは滅多に生じない。

夜の帳《とばり》が下りたこの王都で、俺とレーゼは息を潜めて城へ近づく。

警備は城に近づくほど疎《まば》らになっていた。……当然である。逃走中である俺が、再び城に戻ってくるなんて誰も思うまい。

「レーゼはここで待機してくれ。三十秒後、作戦開始だ」

「承知した。武運を祈るぞ」

「そりゃこっちの台詞だ」

なにせ俺は戦わないのだから。

いつだって、戦いだけは誰かに任せているのだから。

――作戦開始。

城の裏口に回り、三十秒が経過した頃。

正門の方で豪快な破壊音が聞こえた。

レーゼの役割は陽動だ。とにかく城にいる騎士たちを誘《おび》き出《だ》し、無力化することに専念してもらう。

その隙に、俺は城の中に入る。

鉤縄を利用して、素早く城壁を越えた。付近にいる騎士たちが正門の方を振り向いているうちに合流地点へと向かう。

「ネット様、こちらです」

あらかじめ鍵が開けられていたドアを抜けると、どこからか声が聞こえた。

廊下の先にある部屋のドアが開いている。その中から手招きしている女性がいた。俺は足音を立てずにその部屋まで向かう。

「レーゼが言っていた協力者だな」

「はい。この城の使用人として働いている、ヘルシャと申します」

厨房のドアを閉めた後、ヘルシャと名乗ったその女性は粛々と頭を下げた。

歳は二十代の半ばくらいだろうか。背は高く、顔はどちらかと言えば美人よりで、凛《りん》とした雰囲気がある女性だ。深い赤色の髪は後ろの方で纏められており清潔感がある。ギブソンタックと呼ばれる髪型だ。フリルのついた白黒のメイド服もきっちり着こなしており、城内で働いても違和感がない気品を醸し出していた。

「ネット様は、私のことなど覚えていらっしゃらないと思いますが――」

「……いや、見覚えはある」

ヘルシャの顔を見つめながら、俺は頭の中の記憶を探った。

「確か、二年くらい前だったはずだ。この王都から馬車で行ける距離の、小さな村だったような……」

「……流石ですね。仰《おっしゃ》る通《とお》り、貴方《あなた》は二年前に私が暮らしていた村を訪れ、付近で出没していたモンスターを退治してくれました。私とネット様は、ほんの数秒顔を合わせただけですが……まさか覚えていらっしゃるとは」

「人の顔を覚えるのは得意なんだ」

そう告げると、ヘルシャは柔らかく微笑んだ。

「しかし、二年前というと……『星屑の灯火団』として活動していた時期じゃないな」

「はい。貴方がたが星屑になる前……一塊の大きな輝きだった時代に、お世話になりました」

「……なるほど」

あの頃は活動の幅が広かった。

ヘルシャの村を訪れ、モンスターを討伐したこともあるかもしれない。

「お急ぎのところ申し訳ございませんが、一つだけ質問させてください。……貴方は、正体を隠しているのですか？」

真剣な面持ちで尋ねるヘルシャに、俺は後ろ髪を掻きながら答えた。

「慎んでいるだけだ。そこまで必死なわけじゃない」

そう。別に、必死になっているわけではないが——。

「ただ……馬鹿でかい有名税を支払うのは、もうこりごりなんでな」

「……心中お察しいたします」

ヘルシャは恭しく頭を下げた。

この話題はあまり得意ではない。そろそろ行動を開始しよう。

「レーゼから話は聞いていると思うが、俺はルシラ様と会いたい。頼めるか？」

「はい。これでも私、メイド長を務めていますから」

淡々と告げるその女性に、俺は目を丸くした。

「村人から、随分と出世したな」

「貴方がたの活躍を目の当たりにした者は、皆、少なからず野心を揺さぶられます。……私もその一人です」

良い影響なのか悪い影響なのか、俺には判断できないが、少なくともヘルシャにとっては良い影響だったようだ。

「では、案内いたしますね」

◆

「私はここで失礼します」

ヘルシャがゆっくりと頭を下げる。

彼女に案内されて辿り着いた場所は、ルシラ王女殿下の私室の前だった。ここから先は俺一人で行くべきだろう。俺も頭を下げて感謝の意を伝える。

「ネット様なら、ルシラ殿下の凍った心を、溶かすことができるかもしれませんね」

「……？　それはどういう意味だ？」

「私の口からはお答えできません。詳細は、殿下か……近衛騎士のメイル様に」

そう言ってヘルシャは踵を返した。

静かに去っていくヘルシャの背中を見届けると……ふと、部屋の方から声が聞こえる。

「……ん、あっ！」

扉の向こうから聞こえてきたのは、少女の……嬌声《きょうせい》だった。

静かな廊下に、その声だけが響く。

「ぅ……んぁっ！　はぁっはぁっ……あぁんっ！」

おいおいおいおい――――。

凍った心って、まさか欲求不満とか、そういうことだろうか？

流石にその心を溶かすのは、俺では力不足だ。

一瞬、思考が停止してしまいそうになったが、今の俺は追われる身。手をこまねいている場合ではない。

「おい」

扉をノックする。

「んなぁっ!?　だ、誰じゃ!?」

「ネットだ」

「ままま、待て！　待つのじゃ！　待つのじゃ！　待つのじゃあああぁッ！」

扉の向こうからドタバタと騒がしい音が聞こえる。

三十秒ほど待っていたが、まだ忙しない音が聞こえていた。

――逃げられたら面倒だな。

扉の向こうで何をされているのか分からない以上、あまり悠長に待ってはいられない。城の騎士たちに通報されたら、また振り出しに戻ってしまう。

俺は意を決して、扉を開いた。

「入る」

「ふぃあっ⁉」

真っ先に目に入ったのは、ベッドの上で驚愕する少女の姿だった。

顔は上気しており、服装も乱れているせいで胸元や足の付け根が露出している。真っ白な肌には汗が浮かんでいた。

「な、ななな、なな、何の、何の用じゃ……っ⁉　そそ、それに、どうやってここまで来たのじゃ⁉」

ルシラは立ち上がり、こちらを指さしながら訊いた。

しかしすぐに自分の格好に気づいたのか、慌てて乱れた服装を正す。

「ここに来た方法は黙秘する。……用件は勿論、毒魔龍の討伐についてだ」

「わ、妾が話すことはない！　お主が引き受けてくれるかどうか、それが全てじゃ！」

「それじゃあいつまで経っても平行線だぞ」

そう言って、彼女に近づこうとすると――。

「わあっ⁉　待て、暴力反対じゃ‼」

ルシラは大袈裟なほど怯えた様子を見せた。

「近づくでないっ！　ぼぼぼ、暴力だけはいかんぞ！」

自らの片手を胸元に添えながら、ルシラは告げる。

そう言えばルシラは、戦いや争いが苦手だと言っていた。つまりこの状況は彼女にとって一番恐ろしい事態なのだろう。それは分かるが、態度があからさますぎて……。

「……フリか？」

「フリではないわっ！　と、というか、お主！　どさくさに紛れて、話し方が砕けておるのじゃ！」

「いきなり人を拘束しようとする奴に、示す礼儀はないな」

「うぐ……っ」

正論だと認めたのか、ルシラは返す言葉を失っていた。

「悪いが、俺は王族が相手だろうと、やるべきことはきっちりやるぞ」

そう言って俺はルシラに近づき、

「人に迷惑をかけた子供には、お仕置きだ。――ていっ」

「にょごっ!?」

その頭にげんこつを落とした。

勿論、手加減はしている。俺は存在力1であるため、そこまで強くはないはずだが――。

「う、うぅ……っ！」

ルシラはその綺麗《きれい》な瞳に、みるみる涙を溜《た》めて、

「うわーーーーーーん!!　メイルーー!!　メイルーー!!　来るのじゃーーー!!」

ルシラの号泣が、部屋に響いた。

◆

ルシラの泣き声に、メイルが駆けつけてから五分が経過した頃。

状況を理解したメイルは、額に手をやった。

「王族を殴るとは……思ったよりも大胆だな、お前は」

「貴族や王族と仲良くなるコツは、下手《したて》に出すぎないことだ。伝えるべきことは、はっきり伝えないとな」

「……一理あるようにも聞こえるが、それが罷り通るのは恐らくお前だけだ」

メイルは深く溜息を吐いた。

五分前。部屋に駆けつけたメイルは、泣きじゃくるルシラと、その隣にいる俺を見た瞬間に扉を閉めた。……メイルは俺を匿《かくま》うことにしたのだ。表向き俺はまだ追われている身だが、少なくとも彼女は信頼していいだろう。

「それで……いい加減、事情を話してほしいんだが」

ようやく泣き止《なや》んだルシラに、俺は告げる。

目を真っ赤に腫らしたルシラに対し、メイルは同情の眼差しを注いでいた。

「ルシラ様。よろしければ、私の口からご説明を……」

「……いや、妾が説明するのじゃ。こうなってしまった以上、全てを打ち明けた方が早い」

そう言ってルシラは、ゆっくりと顔を上げる。

ルシラは諦念の色を込めた瞳で、俺を見据えた。

「毒魔龍の被害は、エーヌビディア王国だけに留まらず、他国にも及んだと話したことを覚えておるか？」

「ああ」

「毒魔龍の巣はエーヌビディア王国にある。じゃから通常、毒魔龍は他国に渡っても、長期間そこに滞在することはない。しかし……過去、一度だけ例外があるのじゃ」

小さな声で、ルシラは言った。

「数年前、毒魔龍はインテール王国へ侵攻し、そこで凡《おおよ》そ一ヶ月間、暴虐の限りを尽くした。その被害は甚大で、未だに回復しておらぬ。……そして、エーヌビディア王国はその責任を問われておるのじゃ」

沈痛な面持ちでルシラは語った。

「……そう言えば、四年か五年くらい前に、辺境の田舎町がモンスターに丸ごと潰されたという話があったな。もしかして、それのことか」

「それじゃ。……というか、逆にお主は何故今までそれを思い出さなかったのじゃ」

「多分、その時、俺は他の国にいたんだろうな」

人に関する情報は積極的に集めているが、それ以外の情報は必要に応じて集める主義だ。俺はよく諸外国へ旅しているため、幸い毒魔龍の件とは縁がなかったのだろう。……それが今となって、ここまで大きな影響をもたらすとは想像もしていなかった。

「しかし、モンスターは天災みたいなものだろう。その責任を国が問われているのか？」

「事情があるのじゃ。……お主も、エーヌビディア王国の別名は知っておるじゃろう？」

その問いに、俺はルシラの言いたいことを察する。

「龍と契りを結んだ国、か……」

「そうじゃ。……毒魔龍はこの国で生まれたモンスターじゃし、不信感を抱かれるのも無理はない。それに実際、エーヌビディア王国では龍の保護活動を行うこともある。毒魔龍だけ例外と言っても、納得はされんのじゃ」

つまり、エーヌビディア王国は意図的に毒魔龍を放置しているのではないか？　と疑われているのだ。流石に保護をしているとは思われていないだろうが、討伐に消極的であると判断されているのかもしれない。

「インテール王国ほどではないにせよ、毒魔龍はあらゆる国で暴れておる。……被害を受けた国が、怒りの矛先を向けるのは自然と言えよう。この一件に関して、エーヌビディア王国はまさに四面楚歌《しめんそか》というわけじゃ」

味方になってくれる他の国もいないらしい。……怒りの矛先というが、厳密には他の国も「エーヌビディア王国が賠償金を払ってくれるなら儲《もう》けもの」程度に考えているのだろう。本来なら理不尽極まりない主張だが、それが多数派の意見であるため安易に撥《は》ね除《の》けられない状況だ。

なるほど。確かにこれは、追い詰められている。

「さて、ここからが重要じゃが……以前から、インテール王国は我が国に賠償責任を求めていた。しかし先日、あちらの国王がその意見を覆したのじゃ」

「覆した……？」

訊き返すと、ルシラは首肯した。

「父上によると、インテール王国の国王はこう言ったらしい。……『先刻、エーヌビディア王国にネットと呼ばれる凄腕の冒険者が向かった。その者に毒魔龍の討伐を依頼せよ。成功した暁には賠償の件を取り下げる』、と」

「……俺を、名指ししたのか」

ルシラは首を縦に振って続ける。

「討伐できなければ、今まで宙ぶらりんだった賠償の件を本格的に進めるそうじゃ。……最低でも、ネットを戦いに参加させなければ、向こうは納得してくれないらしい」

「……なんだそりゃ」

流石にこうも露骨な条件をつけられると、俺も気づく。

あのアホ陛下め……最初から俺が狙いか。

最低条件という名の妥協点を作っているところが、また嫌らしい。要は俺を戦いに参加させれば、たとえ討伐できなくても交渉の余地は残すと言っているのだ。エーヌビディア王国の立場上、そんなことを言われたら食いつくに決まっている。

「流石にそれが、きな臭い提案であることくらいは妾も察している。しかし……父上は、この提案を受け入れたようじゃ。我が国にとって、損がないという理由で……」

「……まあ、それはそうだな」

俺が毒魔龍を討伐できれば儲けもの。

失敗して俺が死んだところで、両国の関係はとりあえず今まで通り維持できる。

「提示された賠償金はあまりにも莫大《ばくだい》で、到底飲めるものではない。じゃからといって、我が国が置かれている立場を考えると、安易に撥ね除けるわけにもいかぬ。……すまぬ。本当に、申し訳ないのじゃ。妾たちは、圧力に屈してしまった」

下手に撥ね除ければ、エーヌビディア王国は毒魔龍の件について一切非を受け入れるつもりがないと捉えられてしまう。それは巡り巡って外交問題に発展するかもしれない。

「ネット、一つだけ誤解を解かせてくれ」

メイルがはっきりとした声音で言う。

「殿下は最初から、この件に否定的だった。私たちがギルドの依頼をこなしている間も、殿下は父君を……陛下を必死に説得しようと試みたそうだ。しかし、それでも陛下は理解を示さなかったため、殿下はやむを得ず、陛下よりも先に自らの手でお前を拘束しようとしたのだ。……私たちが拘束すれば見せかけだけで済むからな。しかし陛下が動けば荒っぽくなってしまう」

「……そうだったのか」

どうりで性急な動きだと思った。

ルシラは俺を守るために焦っていたのだ。国王が動くよりも早く、自分の手で俺を拘束しなければならないと思ったのだろう。

事情を説明できなかったのは、恐らくインテール王国のアホ陛下に、この件について口止めされていたからだ。……まあ、どのみち説明されたところで意味はない。「悪いようにはしないから拘束させてくれ」と言われて、「分かりました」と両手を差し出すほど、俺は馬鹿ではないつもりだ。

「ルシラ、殴って悪かったな」

「い、いいのじゃ。悪いのは妾じゃし……で、でも、凄く痛かったのじゃ。死ぬかと思ったのじゃ……うぅ」

そこまで強く殴った覚えはない。

軽く小突いた程度だ。扉をノックする時とほぼ同じ力である。

「ルシラが悪いわけじゃない。……というか、どうやらこの件は、俺の事情も絡んでいるみたいだ」

「……お主の事情？」

溜息交じりに言った俺に、ルシラが首を傾げた。

「俺がインテール王国を出た理由も、あの国の陛下といざこざがあったからでな。実は――」

ルシラとメイルに、俺とアホ陛下の因縁について伝える。

全てを話し終えた時、二人は目をまん丸に見開いていた。

「ゆ、勇者パーティを、追放……？」

「ああ。その結果、今の勇者パーティは度々暴走することになり……恐らくその影響で、俺が狙われることになったんだろう」

驚愕するメイルに、俺は頷いて言う。

「だから今回の一件は、俺が発端になっている気もする。……二人を巻き込んだのは俺の責任だ。申し訳ない」

頭を下げた。

今回の件、もしかすると俺がエーヌビディア王国に来なければ、起きなかったかもしれない。

「ネットが悪いわけではないだろう。聞けばその王、相当な暗君だぞ」

「うむ……メイルの言う通り、理不尽なのはあちらの王じゃ。……それに元々、毒魔龍の件は水面下でずっと揉《も》めておった。発端はネットかもしれぬが、遅かれ早かれこういう問題は起きていたのじゃ」

確かにそうかもしれない。実際、インテール王国は今、勇者パーティによる大量の損害を被《こうむ》っているのだ。その回復のために、エーヌビディア王国から金を搾り取ろうとしているだけという可能性もある。

「悪いのは——インテール王国の国王だな」

あのアホ陛下さえどうにかできれば、この件は解決する。

方針が決まった。

毒魔龍の討伐ならともかく——人が相手なら、まだやりようはある。

「毒魔龍の討伐について、期限は決まっているのか？」

「……今週中じゃ」

「また無茶な」

思わず笑ってしまう。

あのアホ陛下、本当に露骨にも程がある。毒魔龍は連合軍を編成しても返り討ちにされたほどの脅威だ。一週間でマトモな戦力なんて用意できるはずもない。要は俺に「死ね」と言っているのだろう。

——今週中に、なんとかケリをつけるか。

ある意味、丁度いい機会だ。

今後のことを考えるなら、アホ陛下との因縁は早めに断ち切った方がいい。

「ルシラ。今晩、王城に泊めてくれ」

「……？」

「体裁上、拘束されていた方がいいだろ？　俺も落ち着いて色々考えたいし、とりあえず受け入れる」

そう言うと、ルシラは頼りなく笑ってメイルの方を見た。

「メイル、ネットを拘束せよ。……飛び切りいい部屋へ閉じ込めておけ」

「……承知いたしました」

◆

拘束という名目で俺が案内された部屋は、豪奢な客室だった。

恐らく貴族御用達《ごようたし》の一室なのだろう。部屋は広く、調度品はどれも上質なもので、従者たちが寛《くつろ》ぐための別室まで用意されている。

一通り部屋の内装を眺めてからバルコニーに出ると、冷たい風が前髪を持ち上げた。

頭を冷やすには丁度いい。ここで考え事をしよう。

「……まずは、あのアホ陛下の狙いを見極めないとな」

陛下の目的は、毒魔龍と俺をぶつけること。

その理由は何だろうか？　……候補は二つある。

一つ目は、俺に対する腹いせ。

勇者パーティが暴走している件については俺も新聞などで知っている。その腹いせがしたいだけなら、適当に俺が苦しんだという情報を陛下に流すだけで事が済むかもしれない。本当にただの腹いせなら、賠償の件もそこまで本気ではないだろう。

二つ目は、本格的に俺を殺そうとしていること。

そこまで恨まれる謂《いわ》れはないはずだが……まさか俺を殺せば勇者パーティの暴走が収まるとでも思っているのだろうか。だとすれば、仮に俺が毒魔龍を倒しても、更なる刺客を送り込まれる可能性がある。時間が解決する問題でもない。何か、陛下の考えを打ち砕くアクションを取らなければ、俺はずっと狙われ続ける羽目となる。

「……面倒だな」

後ろ髪を軽く掻いた。どちらにせよ面倒臭い。

いっそ、俺の影武者を用意して、毒魔龍と戦わせた上で死を偽装するのはどうだろうか。……あまり現実的ではない。偽装が発覚すればエーヌビディア王国の立場は余計悪くなるし、そもそも死の偽装なんて長く続けられるものではない。今後も俺が、レーゼのような有名人と接する場合、どうしても目立ってしまう。俺が生きているという情報を秘匿するのは不可能だろう。

いずれにせよ……切っ掛けとなったのは、勇者パーティの暴走と考えて間違いない。なら彼らの暴走を止めれば、アホ陛下も提案を取り下げるだろうか。

(癪ではあるが……勇者パーティには少しの間、自重してもらうか？)

通信石で、勇者に連絡を取ろうとする。

しかし、いつまで待っても通信は繋がらなかった。

「やっぱり、あいつら……通信石を取り上げられているな」

アホ陛下め。自分で自分の首を絞めていると分かっているのだろうか。

ユリウスを除く勇者パーティのメンバーには、俺の連絡先を登録した通信石を持たせていた。だが、多分それを取り上げられてしまったのだろう。おかげで俺たちは今、互いに連絡が取れない状態である。

「……こっちの件は、一旦保留にしておくか」

期限は今週中。それまでに何らかの結果を出さねばならない。

しかし、俺は毒魔龍の件とは別に、もう一つ気になっていることがあった。

「ルシラ殿下の凍った心、か……」

メイド長のヘルシャが口にしていた言葉だ。

その意味を俺が訊くと、彼女はルシラ本人かメイルに訊くべきだと答えた。……この二人には、何か秘め事でもあるのだろうか。

――ルシラの態度は、少し変だった。

思い出すのは、俺がルシラの部屋に入った直後のこと。

暴力反対と訴えていたルシラは、その手を胸元に添えていたが……どうもその動きが気になる。

あれは、近づく俺を怖がっていたというより……手を出してしまいそうな自分を、必死に抑え込むような動きだった。

怯えた人間の振る舞いとは少し違う。

目の前にいた俺のことより――何をしでかすか分からない自分自身に恐れを抱いているような、そんな態度だった。

「……駄目だな。訳の分からない憶測だ」

これが毒魔龍の件と関係があるのかどうか、現状ではそれすら分からない。

考えすぎて軽く頭痛がした。疲労も限界に達している。よく考えたら、今日はモンスターと戦ったり、城の騎士たちに追われたりと、かなりのハードスケジュールだ。存在力6のレーゼならともかく、存在力1の俺には厳しい一日である。

「……ん？」

ふと、足の裏に違和感があると気づく。

見れば靴底に、妙なものが挟まっていた。

「なんだこれ？　白い……宝石か？」

挟まっていたものを手に取り、月明かりに照らして観察する。

真っ白なその石は、軽くて、平べったく、何かの破片のように見えた。

ギルドの依頼をこなしている時や、ヘルシャとともに城内を歩いている時は、足の裏に違和感なんてなかった。となれば、これが靴底に挟まったのは、その後……ルシラの部屋に入った後だ。

「ルシラの部屋にあったものか？　しかし、どこかで見たことがあるような……」

妙に引っ掛かる。どうしてもこれがただの宝石には思えなかった。

調べてみるか。……そう思い、白い石をポーチに入れた俺は、部屋の中に戻った。

◆

翌朝。

クローゼットの中にあった寝巻きから、外出用の服に着替えていると、扉がノックされて青髪の少女が入ってきた。

「メイルか、おはよう」

「ああ、おはよう」

いつも通り甲冑を身につけたメイルは、複雑な表情で俺を見る。

「……逃げなかったんだな」

小さな声でメイルは言った。

メイルは、俺が昨晩のうちにこの城から逃げるかもしれないと予想していたらしい。確かにそれも考えなかったと言えば嘘《うそ》になるが、それではルシラたちの立場が危うくなるだけだろう。

「メイルとルシラは、今回の件について、俺のせいではないと言ってくれたが……それでも切っ掛けになったのは間違いなく俺だ。その責任を取るまで逃げるつもりはない」

「そうか。……まあ、お前ならきっとそう言うだろうと思っていた」

「信頼してくれているんだな」

「お前が義理堅い人間であることは、ここ数日の付き合いで十分理解しているつもりだ」

メイルが微笑を浮かべて言う。

「ところでネット。着替えているということは、今から外に出るのか？」

「ああ。ちょっと寄りたいところがある」

「では同行しよう」

そう言ったメイルは、申し訳なさそうに笑みを浮かべる。

「監視だ。……一応な」

なるほど、と俺は納得する。

監視役に気心の知れたメイルを選んでくれたあたり、ルシラの気遣いが伝わる。

「メイル、先に朝食にしてもいいか？」

「ああ。実を言えば、私もまだ食べていないから助かる」

それは丁度良かった。

城を出た後、俺たちは適当な飲食店に入り、軽食を注文する。

「それで、ネット。……毒魔龍の件はどうするつもりだ？」

神妙な面持ちで尋ねるメイルに、俺は考えてから口を開いた。

「まだ悩んでいる。毒魔龍の討伐は難しいが……今回の件は結局、インテール王国の国王が起因なんだろう？　なら、その国王の弱みを握って、交渉すればなんとかなるかもしれない」

「……お前は、一国の王の弱みすら握れるというのか？」

「その気になればな」

戦慄した様子のメイルに、俺は淡々と告げる。

「ただ、できればそういう形で人脈を使いたくない」

「……何故だ？」

「危険だからだ」

はっきりと伝える。

「俺の人脈は、使い方を誤れば悪魔の武器と化す。……脅迫は、その第一歩と成り得る」

きっとその気になれば、俺は古今東西、あらゆる人物の弱みを握れる。

村娘から一国の王……果ては世界に十人といない存在力7のS級冒険者まで、数え切れないほど多くの者を脅迫できるはずだ。それだけの情報網はあると自負している。

だが、そんな最低最悪な力を欲しいと思ったことは一度もない。

なにより、俺にとって大切で、頼りになる仲間たちを――そんな最低な力に加担させたくない。

「俺が人脈を汚いことのために使えば、俺に協力してくれる人たちの生き様も穢《けが》すことになる。それは、あまり気分がよくない。……俺は、仲間たちが損をするような行動だけは、したくないんだ。そのためにも、脅迫、詐欺、不正……この三つだけは、なるべく避けるようにしている」

そこまで説明してからメイルを見ると、彼女は深刻な表情をしていた。

真剣に話しすぎたかもしれない。いつの間にか張り詰めていた空気を和ませるために、俺は小さく笑みを浮かべてみせる。

「まあ避けると言っても、安易に手を出さないという程度の話だ。……命あっての物種とも言うし、今回はそういう力が必要な時かもしれない」

テーブルの上に置かれたカップを、口元で傾けた。

甘い紅茶で喉を潤すと、対面に座るメイルが微笑を浮かべる。

「……なんとなく、お前のことが分かってきたぞ」

俺の顔を見つめてメイルは言った。

「義理堅いだけではない。……お前は心の底から、自分を助けてくれる誰かのことを尊敬しているのだな」

「……まあな」

彼らは皆、俺にはできないことができる。俺が歩めなかった生き様を歩んでいる。

そんな彼らの生き様をねじ曲げることだけはしたくなかった。俺はいつまでも、彼らに憧れを抱き続けたい。

「話を戻そう」

カップをテーブルに置いて、俺は言った。

「毒魔龍の討伐については、今説明した通り色々と悩んでいる状況だ。……参考程度に訊きたいんだが、メイルは俺にどうしてほしいんだ？」

「……無理を承知の上で言うが、やはり理想は討伐だ。なにせ毒魔龍は、我が国にとっては害悪でしかない」

手元のカップを見つめながら、メイルは言う。

「実は、この国には王妃がいないんだ。何故か分かるか？」

その問いに、俺は首を横に振った。

「王妃は、祝賀行事で王都を離れた際、毒魔龍の襲撃に遭ってお亡くなりになられたのだ。それも、幼いルシラ様の目の前でな。……以来、ルシラ様は戦いが嫌いになった」

「……そんな過去があったのか」

「ああ。だからルシラ様の本心も、きっと私と同じだろう。外交上の損得や、立場上の重圧を抜きにすれば……やはり純粋に、毒魔龍を討ってくれる誰かを待っているはずだ」

ルシラにとって、毒魔龍は母親の仇《かたき》でもあるわけだ。

その気持ちは当然である。

「ネット……お前の力で、どうにかならないか？」

縋るような顔で、メイルは訊いた。

俺は頭の中で数人の知り合いを思い浮かべながら答える。

「……毒魔龍を倒せそうな奴は、俺の知る限り六人いる」

「ほ、本当か!?　なら、その者たちに頼めば――っ!?」

「だが、倒せるからと言って、倒してくれるとは限らない」

結論を焦るメイルに対し、俺は少しだけ語気を強くして言った。

「六人とも遠くにいるし、立場もややこしい。……今週中どころか数年は待つと考えた方がいいだろうな」

「……数年、か」

俺の言葉に、メイルが唇を噛《か》む。

あのレーゼが、『白龍騎士団』の仲間とともに挑んでも勝てなかったのだ。そんな相手を倒すとなれば、存在力7は欲しい。……つまり、世界に十人といない英雄が必要だ。

ツテはあるが、流石に今すぐ用意できるわけではない。

「正確には一人だけ近くにいるんだが、タイミングが悪いことに今は連絡を取れないんだ。……今週という期限に拘らなければ、討伐も不可能ではない。この件が終われば、俺の方からそれとなく声を掛けよう」

毒魔龍の討伐は極めて難しい問題だが、時間を掛ければできないことでもない。そう告げたが……メイルの表情は沈んだままだった。

その様子に、俺は疑問を抱く。

「人を紹介するだけの俺が言うのもなんだが、もう少し喜んでもいいんじゃないか？　数年かかるとはいえ、今まで野放しだった毒魔龍を倒せるんだ」

「…………そう、だな。確かに喜ばしいことだ。感激している」

無理矢理、作ったような笑みを浮かべてメイルは言った。

「だが……数年か。それまで、保てばいいんだが……。ははっ、こんなことなら、もっと前にお前と出会っていれば……いや、それはない物ねだりか……」

自嘲気味な笑みを浮かべながら、メイルはブツブツと何かを呟いた。

保てばいい……？　それは、どういう意味だろうか。

「……すまない。少し頭が混乱していた」

メイルは短く謝罪する。

気を取り直したメイルは、落ち着いた顔つきで俺の方を見る。

「ネットの言う通り、時間が掛かるとはいえ毒魔龍を討伐できるのは、非常にありがたいことだ。……しかし、それでは今起きている問題は解決しないのではないか？」

「まあ、そうだな」

メイルの言う通りだ。

毒魔龍の件と、アホ陛下の件は切り分けて考えた方がいいかもしれない。今は後者の問題に直面している。

そんなふうに頭を整理していると、どうしても思い出すことがある。

昨晩、ヘルシャが口にしていた言葉だ。

「メイル。話は変わるんだが……ルシラは俺に何か隠し事をしていないか？」

「……隠し事？」

「ただの好奇心だから、無理して答える必要はないんだが……ルシラには何かあるんじゃないかと思ってな。メイルは知らないか？」

先程のメイルの態度も気になるし、昨晩のルシラの態度も気になる。

今回の件、もしかすると俺が知らない重要な秘密があるのかもしれない。

「……何のことだか、分からないな」

メイルが真っ直ぐ俺を見つめて言う。

いつも通りの声に、自信満々の態度をしているが——それが嘘であると俺には分かった。

視線を逸《そ》らすわけにはいかないと思ったのだろう。だから真っ直ぐ俺の目を見ることにしたのだろうが、それはそれで不自然だ。

どうやらメイルの口は固いらしい。

なら……自分で調べるしかない。

「そろそろ店を出よう。……この街に鑑定士ギルドはあるか？」

朝食を平らげた俺は、軽く背筋を伸ばしながら訊く。

「あるぞ」

「じゃあ、案内を頼む。鑑定したいものがあるんだ」

ポーチの中にある白い宝石のことを思い出しながら、俺は言った。

◆

鑑定士と呼ばれる職業がある。

彼らの仕事は、あらゆる物品の詳細や価値などを分析することだ。その仕事の性質上、知識量が膨大であることが多く、学者肌の者も多い。

そんな彼らを取り纏めるのが、鑑定士ギルドと呼ばれる組織だ。

鑑定士ギルドと冒険者ギルドは密接な関係がある。冒険者が冒険から持ち帰ってくる物品の中には、見知らぬ植物や鉱物などが混ざっていることも多い。そういう時は鑑定士の出番となり、その仕事の斡旋をするのが鑑定士ギルドの役割だ。

冒険者が活発な街では、鑑定士も活発である。

エーヌビディア王国王都の鑑定士ギルドは、清潔感がある大きな建物だった。

「ここが鑑定士ギルドだ」

監視という名の案内役であるメイルが言う。

「ところで、何を鑑定してもらうんだ？」

「それが何か分からないから鑑定してもらうんだ」

「む、確かに」

適当に誤魔化したつもりだが、メイルは納得してくれた。

建物の中に入って受付へ向かう。来客に気づいた若い青年が対応してくれた。

「いらっしゃいませ。鑑定のご依頼ですか？」

「ああ。鉱物……宝石類の鑑定を頼む」

「鉱物の鑑定ですと……申し訳ございません。ただ今、混んでいまして、待ち時間が半日となりますがよろしいでしょうか？」

鑑定は時間がかかる。

そのため、一時間か二時間くらいなら待つつもりだったが……半日は長い。

「確か鑑定士ギルドは、他国のギルドとも連携しているんだよな？」

「はい。冒険者と違って鑑定士は人数が少ないですからね。マメに情報共有しないと立ち行かないこともありますから、その分、連携は充実していますよ」

なら、これを使うか。

俺はポーチの中から一枚のカードを取り出した。

「優先案内者に登録されているはずだ。これで早めに案内してくれ」

「……畏まりました。少々お待ちください」

受付の青年は僅かに驚いた様子を見せたが、すぐに仕事に専念した。

青年はカードを受け取り、奥の部屋で作業する。

「ネット……今のは何だ？　優先案内者と言っていたが……？」

「お得意様の特典みたいなものだ。千点以上の鑑定依頼をすることで貰える」

「せ、千点⁉　そんなに鑑定するものがあるのか⁉」

「未開拓領域とかを冒険するものだからな。第一線で活躍する冒険者たちと行動すると、目に入るもの全てが未知の物体だからな。第一線で活躍する

「す、凄まじいな、冒険者というのは……」

メイルが引《ひ》き攣《つ》った笑みを浮かべた。

「お待たせしました。優先案内者のネット様ですね」

確認作業を終えた受付が、カウンターに戻ってくる。

「その……念のため確認させていただきますが、こちらのカードは全部で七枚発行され、同じ名義を複数人で共有していますね？」

「ああ、そのはずだ」

「……先日、ルクセント共和国にて、ネット様の名義で鑑定されている物品が幾つかありました。また、先月はヴァルレイド帝国と、神聖プレイス王国。三ヶ月前は、閣仙郷《かくせんきょう》と、イングリット皇国。……その、世界中でネット様の名義が使われているようなんですが……心当たりはありますか？」

「……ああ」

どうやら俺の名義が、見知らぬ他人に不正利用されていることを懸念しているらしい。

しかし心当たりはあるので、不正利用されているわけではない。

（あいつら……まだ俺の名義を使っているのか）

気が向けば自分の名義で登録し直しておけと伝えたはずだが、どうやら誰も気が向かなかったらしい。相変わらず、いい加減な奴らだ。

優先案内者を証明するカードに、入金や出金の機能はない。そのためセキュリティの面では別に問題なかった。

「それでは、すぐにご案内いたしますが……優先案内者としてギルドのサービスをご利用いただく場合は、同伴者を連れていくことができません。ご容赦ください」

受付の青年は、メイルの方を見て言った。

俺は首を縦に振る。

「メイル、ここで待っていてくれ」

「分かった」

メイルはすぐに頷いた。もう俺が逃げるとは露ほども思っていないらしい。

受付の案内に従って鑑定士のもとへ案内される。

鑑定士はそれぞれ独自の設備を持っていることが多く、そのためギルドの内には大量の作業室があった。入り組んだ廊下を進み、正方形の部屋に辿り着く。

「鑑定士のレザックだ。まずはブツを見せてくれ」

椅子に座る、髭を生やした男が片手を差し出す。

俺はその上に、白い石を載せた。

「この、白い宝石なんだが……」

「質感も、形も、独特なものだな。……まあ、この世に十人といねぇ、優先案内者様が持ってきてくれたブツだ。ちょいと念入りに調べてみるか」

「頼む」

メイルには「一線級の冒険者とともに活動していると、優先案内者くらい簡単になれる」といった説明をしたが、その一線級の冒険者がそもそも多くいないため、十人未満というのは納得の数字だ。ちなみに俺のカードは七枚に分けて使っているが、名義は俺一人のものであるため一人扱いである。

「ん？　……おいおい、お客さん」

ルーペを使って石を鑑定していたレザックが、声を発する。

「こいつは石じゃねぇな」

「……石じゃない？」

なら、その白い物体は何だというのか。

「これは、鱗だ」

首を傾げる俺に、レザックは説明した。

「見たことない種類だが、間違いねぇ。こいつは龍の鱗だ。……たまにあるんだよ、龍の鱗と宝石を勘違いすること。まあどっちも似ているからな」

その説明を聞いた瞬間――頭の中にあった違和感に輪郭がついた。

ずっと、この石には見覚えがあると思っていた。その正体が龍の鱗だと知った今……俺はそれを過去、何処で見たのかをはっきりと思い出す。

「どうする？　俺は鉱物専門の鑑定士だから、コイツの詳細を知りたいなら他の鑑定士を紹介するが……」

「……いや、いい。知りたいことは、知ることができた」

レザックの手から、鱗を受け取る。

「ありがとう、助かった」

そう言って俺は踵を返した。

ほんの少しだけ――早足でギルドを出る。

◆

鑑定士ギルドを出た後、俺は王城へと向かった。

入り口付近で待機していたメイルが、脇目も振らずに歩く俺を見て驚く。

「お、おい、待て！　ネット！　何処へ行くんだ!?」

「城に戻る」

手短に告げた俺は、一度足を止め、手の中にあったものをメイルに見せた。

「メイル。お前が隠していたのは、これか」

「そ、それは……っ」

俺の掌の中にある白い宝石――いや、龍の鱗を見て、メイルは目を見開いた。

明らかにこれが何であるのか知っている反応だ。

「これでも俺はA級冒険者だからな。この鱗についてもある程度は知っているつもりだ。……説明は本人から訊く。メイルも、それでいいな？」

「……ああ」

メイルは観念したかのように頷いた。

そのまま二人で城へ戻る。

目的地は、昨晩俺が忍び込んだ場所――ルシラの部屋だ。

通常、客人が立ち入ってはならない場所だが、メイルが付き添っているため騎士たちに止められることはない。階段を上り、廊下をしばらく進むと、やがてその突き当たりにルシラの部屋へと繋がる扉が見えた。

「メイルは、ここまででいい」

一度足を止めて、俺は言う。

「少し、ルシラと二人だけで話がしたい」

「……分かった」

メイルは神妙な面持ちで首を縦に振った。

一人で廊下を歩き、ルシラの部屋へと近づく。

昨晩、ヘルシャに案内されている時は気づかなかったが、ルシラの部屋の近くには騎士が待機していなかった。警備の都合を考えるなら、部屋の手前辺りに数人の騎士を配置させるべきだが……ルシラにはそれができない理由があるのだ。

扉に触れようとした、その時。

部屋の方から、少女の声が聞こえた。

「ぅ……ぁ！　くぅ……ん、はぁっ！　……んぁぁっ！」

昨晩と同じ、ルシラの嬌声が聞こえる。

だが、よく耳を凝らせば分かった。

これは――苦しんでいる声だ。

無礼を承知の上で、俺はノックもせずに扉を開いた。

すると、ベッドの上に座るルシラが、勢いよくこちらを振り返る。

「ネ、ネット――ッ!?」

唐突に現れた俺を見て、ルシラは驚愕した。

対し、俺は冷静にルシラを観察する。

汗で湿った銀色の長髪に、紅潮した頬。乱れた服装に、ぐしゃぐしゃのベッド。

どれも昨晩、目にした光景だが、二つだけ違う点がある。

一つは、ルシラが苦悶《くもん》の表情を浮かべていること。

そしてもう一つは、ルシラの華奢な背中から生えている――大きな白い翼だ。

「お、お主、何をしに――ぁ、ぐぅ……ッ!?」

メキメキと音を立てて、ルシラの翼が肥大化する。

その細くて小さな身体の表面を、真っ白な鱗が侵食していた。固まった鱗はさながら鎧のようで、両腕の肘から先は頑強な籠手《こて》を身に付けているように見える。

「み、見る、でない……ッ！　見ルな……ッ！　――見ルナッ!!」

ルシラの瞳孔が縦長に割れる。それはまるで爬虫類《はちゅうるい》のようだった。

瞬間、人のものとは思えない重圧が放たれる。部屋のガラスが一斉にひび割れ、俺は心臓を鷲掴《わしづか》みにされたような感覚に陥った。

絶対的強者を前にした時の、手も足も出ない恐怖感。

久しく感じていなかったその重圧に、全身からぶわりと冷や汗が噴き出る。

「落ち着け」

混乱しているルシラに、俺はできるだけ冷静に声を掛けた。

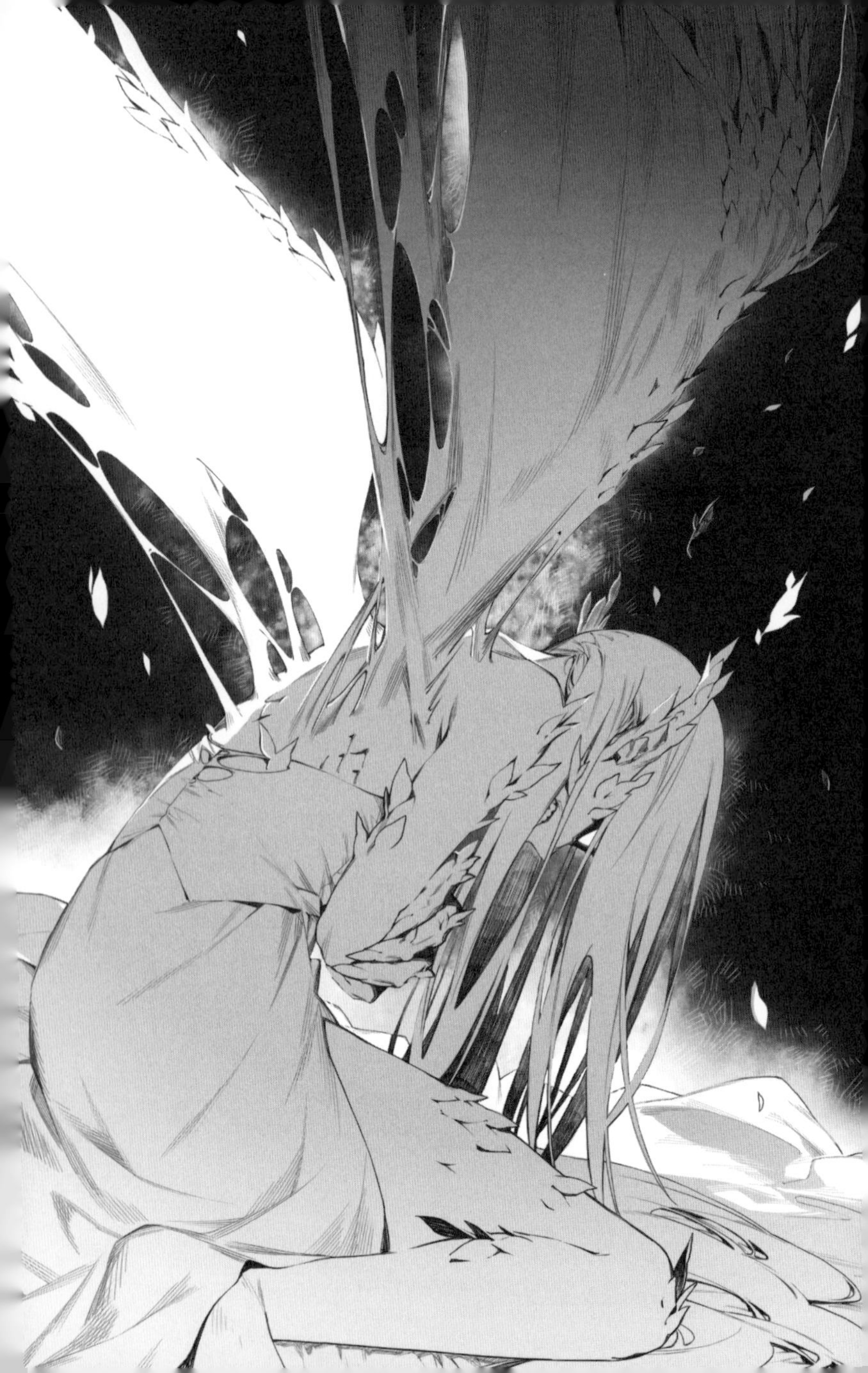

俺は弱い。本来ならこんな重圧に耐えられる人間ではない。

しかし——場数だけは踏んでいるつもりだ。

ルシラを刺激しないよう、ゆっくりと近づきながらポーチを開ける。

その中から、薬品を入れた小瓶を取り出した。

「万能霊薬《エリクサー》だ。これで一時的に症状を抑えられる」

どのような症状にも効くという、稀少《きしょう》な薬だ。

非常に高価であるため、本来なら個人が所有できるものではない。ルシラは明らかに訝しんだが、背に腹はかえられないと悟ったのか、小瓶を手に取って恐る恐る中の液体を口に含んだ。

しばらくすると、ルシラの身体の肥大化が治まった。

絶えず聞こえていた骨の軋《きし》む音が止まり、ルシラの身体を覆っていた白い鱗が、パラパラと剝がれ落ちる。

剝がれ落ちた鱗を一つ、俺は拾い上げた。

間違いない。俺が先程まで宝石と勘違いしていたものは、これだ。

「ルシラ……」

思わず俺はルシラの名を呼んだ。

毒魔龍は、猛毒を宿す。その説明を聞いた時点で、俺は目の前の事態を予想するべきだったのかもしれない。

「その症状は……龍化病《りゅうかびょう》だな」

尋ねる俺に、ルシラは無言で目を伏せた。

龍化病とは——文字通り、人が龍に化ける病だ。

龍と呼ばれるモンスターの中には、瘴気《しょうき》という毒のようなものを身に纏う種類がいる。その瘴気に長時間触れていると、龍化病を発症する恐れがある。

龍化病の患者は、普段は人間の身体のまま過ごすことができる。しかし時折、発作という形で身体が龍のものへと変貌してしまうのだ。発作が終われば身体も人間のものに戻るが、病が進行するにつれて発作の間隔は短くなり、最終的には常時発作が起きている状態に——つまり、龍の身体から戻れなくなってしまう。

「……毒魔龍に、やられたのか」

ベッドに座り込むルシラに、俺は訊いた。

薬を飲んだことでルシラは人間の身体に戻っていた。その白くて華奢な体軀を見ていると、先程の光景が夢幻だったのではないかと思いそうになる。しかし足元に散らばる無数の白い鱗が、あの光景は現実であると知らしめていた。

「メイルから話は聞いている。……王妃が毒魔龍に殺された時、ルシラも傍にいたらしいな。龍化病になったのはその時か」

ルシラは何も言わない。

その無言は肯定だ。

「……どうして、そんな大事なことを言わなかった」

感情を抑えながら俺は告げる。

「龍化病は、病原となった龍を倒さない限り進行し続ける。つまり……毒魔龍を倒さなければ、ルシラはいずれ人間を辞めることになるぞ」

その言葉に、ルシラはピクリと小さく反応した。

「言って、どうなるというのじゃ……」

震えた声が紡がれる。

「毒魔龍は、連合軍を編成しても倒せなかった、正真正銘の化け物じゃ。……妾が龍化病だと明かしたところで、あれ以上の戦力が集まるわけではない」

確かに、そうかもしれない。

だが龍化病は――ただの病ではない。

「……龍化病は別名、英雄の病とも言う」

恐らくルシラなら知っているだろう。しかし俺はその事実を今一度突きつけるためにも、あえて説明した。

「龍化病の症状は、人間が龍の力を宿すと言ってもいい。……つまり龍化病は、呪いであると同時に加護でもあるんだ」

実際に俺は、ギルドの登録用紙にある加護の項目に、龍化病と記している人間を何人か知っている。

「龍の力は、使いこなせば絶大な戦力となる。それこそ、病原となった龍を倒せるほどにな。……だから龍化病の患者は、その身に宿った龍の力を駆使して、自らの手で病原となる龍を倒しに行くことが多い。……これが龍化病の一般的な治療法であり、それ故に英雄の病とも呼ばれている」

俯くルシラに、俺は告げる。

「ルシラも例外ではないはずだ。その龍の力を使いこなせば……毒魔龍と渡り合えるかもしれないぞ」

己の肉体が完全な龍と化す前に、その力を使いこなし、病原となる龍を討ちに行く。それが龍化病の一般的な治療法だ。

「確かにお主の言う通り、龍化病は英雄の病とも呼ばれておる。龍の力を宿した人間と、その力を与えた龍……両者の死闘を綴《つづ》った御伽噺《おとぎばなし》は、この世界にごまんと存在するのじゃ」

ルシラは、頼りない笑みを浮かべながら言う。

「じゃが問題は……妾が、そのような御伽噺の主人公には、なれんと言うことじゃ」

「……どういう意味だ」

「怖いのじゃ」

短く、しかしはっきりとルシラは言った。

「言ったじゃろう。……妾は、戦いが嫌いじゃ。武器すら触れぬ、臆病者なのじゃ……」

その発言に、俺はメイルから聞いた話を思い出した。

ルシラは目の前で、母親を毒魔龍に殺されている。その記憶がトラウマになっているのだろう。しかし――。

「確かに、ルシラにとって戦いは、嫌な記憶を蘇らせるものかもしれない。しかしもう、そんなことを言っている場合では――」

「――試したことがあるのじゃ」

俺の言葉を遮るように、ルシラは言う。

「妾とて、最初からここまで弱腰だったわけではない。かつては妾も、母上の仇を討つために、この龍の力を使いこなそうとしたのじゃ。……しかし、この龍の力を使った結果……」

ルシラは、手元のシーツをぎゅっと握り締める。

「……目の前に、地獄が生まれたのじゃ。それはまるで、毒魔龍が暴れた後のような光景じゃった」

毒魔龍に母を殺されたルシラは、当然、その時の景色を鮮明に覚えている。そして、自らが龍の力を解き放った時、目の前にはそれと全く同じ景色が生まれた。……その時、ルシラの胸中には、どのような感情が渦巻いていたのだろうか。……想像に難くない。

「妾は……あんな力、使いとうない。あれでは、毒魔龍を倒すどころではなく……妾まで毒魔龍になってしまうのじゃ。……それが、妾にとって、何より恐ろしい」

震えた声でルシラは言う。

「母上が毒魔龍に殺された時の……皆の、恐怖に怯えた目を妾は覚えておる。……妾は、あんな目で見られるのは嫌じゃ……妾は、毒魔龍ではない……っ！」

涙をこぼしながらルシラは語る。

俺がこの部屋に入った時の、ルシラの「見るな！」という叫び声を思い出した。

「だから、龍化病のことを隠しているのか」

「……そうじゃ。龍化病のことを知るのは、メイルのみじゃ」

ルシラの隠し事は、想像以上に大きかった。

だが龍化病の症状は秘匿が難しい。メイド長であるヘルシャは、偶然この隠し事を知ってしまったのだろう。そしてその情報を——俺に打ち明けようとした。

発作のタイミングは制御できないと聞く。そしてそれを堪えようとすれば……凄まじい苦痛に襲われるとも聞いたことがある。

だからルシラの部屋の近くには騎士が待機していない。万一発作が起きた時、部屋から漏れ出る苦悶の声を聞いて、騎士が駆けつけてしまうかもしれないからだ。

今、思えば……大浴場の警備が薄かった理由もそれだろう。

「龍化の頻度は、どのくらいだ？」

「長ければ三日に一回。短ければ……一日おきじゃ」

「……そんなに短い間隔で、よく今まで隠し通せていたな」

「これでも我慢には自信があるからのう。日中はとにかく堪えて、深夜から早朝に、城の庭園で龍化していたのじゃ」

その説明に、俺は朝靄の中で見た巨大な影を思い出した。

城の庭園を散歩している途中で目撃した、あの影の正体は……龍化したルシラだったらしい。

「既に……かなり進行しているな」

発作の間隔がかなり短い。

この分だと、ルシラの龍化病はかなり進行している。

——保って三ヶ月。

長く見積もって、その期間だ。

最悪の場合……一ヶ月も保たない。

「何故、それを……俺に言わなかった？」

思わず額に手をやりながら、俺は訊いた。

「最初に俺を拘束しようとした時……龍化病のことまで伝えようとは思わなかったのか？　ルシラには、情に訴えるという選択肢があったはずだ」

「……その問いにはもう答えたはずじゃ。言ったところでどうにもならんし……妾は、妾のせいで人が傷つくのを、見たくない」

ルシラは視線を下げながら言った。

「お主も、無理はせんでよい」

そう言ってルシラは、机の上に置かれている小さな石を手に取った。

「ネット、これが何か分かるか？」

「……通信石か」

「そうじゃ。今日一日、これと通信中の石を、メイルに持たせておった」

通信中ということは……会話が筒抜けになっていたということだ。

どうやらルシラは、俺とメイルの会話をずっと盗み聞きしていたらしい。

「既にお主の考えは聞いておる。……毒魔龍の討伐は、厳しいのじゃろう？」

辛うじて作ったような笑みを、ルシラは浮かべた。

「お主は今回の件について、インテール王国を脅迫することで解決するつもりなのじゃろう。……それでよい。それ以上のことを、考える必要はないのじゃ」

「……だが、それではルシラの龍化病はどうする？」

「お主がそこまで抱え込む必要はない。……元より、毒魔龍に関してはエーヌビディア王国の問題じゃ」

儚く微笑んでみせるルシラに、俺は頭を必死に回転させた。

ここで簡単に頷くほど、俺は薄情な人間ではないつもりだ。しかし――ルシラは長く保っても三ヶ月。今から行動を始めるようでは間に合わない。

「まったく……こーゆー空気になるから、秘密にしておきたかったのじゃ」

ルシラは溜息交じりに告げる。

明るい声音だが、それは間違いなく空元気だった。

「今から新しく戦力を用意するのは、難しいかもしれない。でも……ルシラが戦ってくれるなら、勝機を見出せるかもしれないぞ」

「……妾は、戦わん。残り少ない人としての一生を、最後まで全うできればそれでよい」

最早、涙も涸《か》れたのか、ルシラは落ち込んだ顔で告げる。

「心配しなくとも、完全に龍と化す前に、自分の手で決着をつけるつもりじゃ。……こんな化け物のような力を使えば、人々に疎まれ……それこそ、生きていられなくなるじゃろう」

まるでそれが己の運命であるかのように。

ルシラは悟った様子で告げた。

◆

気づけば空は夕焼けに染まっていた。

王城の客室で一人、ひたすら無言で考え事をしていた俺は、城下町の屋根を照らす橙色《だいだいいろ》の陽光を見てようやく時間の進みを実感する。

ルシラの龍化病が発覚してから、数時間が経過したらしい。

思わず溜息を吐くと、バルコニーの方にいきなり人影が現れた。

「ネット」

そこにいたのは、レーゼだった。

突然の登場にやや驚きながらも、俺はバルコニーの扉を開いてレーゼを部屋の中に招く。

「……何処から入ってくるんだ」

「正面から入ってもよかったが、この方が手っ取り早いと思ってな」

そう言ってレーゼは、甲冑の内側から通信石を取り出した。

「返しておくぞ」

「……ああ」

投げ渡された通信石を、俺は受け取ってポーチに入れた。

ルシラはメイルに通信石を持たせることで、会話を盗み聞きしていたようだが——実は俺とレーゼも同じことを行っていた。

昨晩、城へ突入する前、俺はレーゼに通信石を持たせた。

万一のことがあっては困るため、城にいる間は常に通信状態にしておき、もし俺が危機に陥ればすぐに駆けつけてもらう手筈だったのだ。

幸い、危機に陥ることはなかったが……会話を盗み聞きしていたレーゼは、知っているはずだ。

ルシラの身体が、龍化病に蝕まれていることを。

「しかし……あれだな。この構図、まるで私が夜這《よば》いに来たみたいだな。今はまだ夕方だが」

「……暢気《のんき》だな、おい」

「二人揃って余裕がないよりはマシだろう」

ごもっとも、と俺は思った。

俺の心境に余裕がないこともお見通しらしい。

「それで、どうするんだお前は？　このまま予定通り、インテール王国の国王を脅迫して、一件落着とするのか？」

レーゼは淡々とした声音で訊いた。

何かを責めているわけでも、何かを促しているわけでもない。きっとここで俺がどんな答えを述べようと、レーゼは「そうか」と頷いて尊重するだろう。

だからこそ、口が重い。

どんな判断でも尊重されるということは……何が正しくて何が間違っているのかを、全部、自分一人で決めなくてはならないということだ。

「あー……くそっ」

見栄《みえ》を張って、平静を装う気力はもうない。

俺は後ろ髪をがしがしと掻いた。

「本当に、いつもいつも……どうして、俺ばかりこんな目に遭うんだ。……こういうのは、お前らみたいな……もっと強い奴らの役割だろ……」

日頃思っていることが、つい口からこぼれ落ちる。

「こっちはただの凡人なのに……どいつもこいつも、面倒なものを抱えやがって……」

「それがお前の運命なんだろうな」

「やかましい」

胸中で、怒りとやるせない気持ちが綯《な》い交《ま》ぜになる。

「…………まあ、利害は一致しているしな」

元より、脅迫は禍根を生む手段だ。

仲間たちを使って汚いことをしたくないという気持ちの他にも、なるべく避けたい手段ではある。……などと理屈をこねて、自分を納得させようとしていると、レーゼが子供を見守るような温かい視線を注いできた。

「私はお前のそういうところが好きだぞ。なんだかんだ、お前は誰かのために立ち上がれる男だ」

「茶化すな」

「茶化してなどいないさ。それがお前の最大の魅力だ」

レーゼは真っ直ぐ俺の目を見て告げる。

「伊達に勇者を目指していたわけではないな」

「……それは言うな」

あまり突かれたくない過去だったので、俺は視線を逸らした。

そんな俺を見てレーゼは優しく微笑む。

「しかし、どうする？　なんとなくお前の考えは分かるが、恐らく鍵となるのはルシラ殿下だろう？　……馬を水辺に連れていくことはできても、水を飲ませることはできないぞ」

レーゼの言葉の意味は分かる。

馬を水辺に連れていくかどうかは飼い主の自由だが、そこで水を飲むかどうかは馬の自由だ。……無理矢理、どこかへ連れていったとしても、そこで何をするかは当人に委ねるしかない。しかし――。

「あいにく……俺の仕事はいつだって、その馬に水を飲ませることだ」

「……そうかもしれないな」

レーゼは納得した様子で頷く。

「とはいえ、馬が一頭だけでは絶対に戦力が足りない……」

その戦力を埋める役割は、目の前にいる冒険者に任せよう。

「レーゼ。――『白龍騎士団』を貸してくれ」

「……他ならぬお前の頼みだ。断る理由はない」

レーゼはすぐに首を縦に振った。

そして、何故か背後を振り返り――。

「そうだな、皆？」

レーゼがバルコニーの方を見て尋ねる。

いつの間にか、そこには大勢の甲冑を纏った女性たちが、片膝をついて待機していた。全員、見覚えがある。……『白龍騎士団』のメンバーたちだ。

「……連れてきていたのか」

「こうなることが分かっていたからな。……本当は昼間のうちに駆けつけたかったところだが、招集に少し手間取ってしまった」

いや、というよりここ……王城なんだが。

下手したら全員、不法侵入で捕まえられるところだ。

「ネットさーん、お久しぶりっすー」

「おひさですー」

「相変わらずのトラブル体質ですね」

レーゼに負けず劣らず、暢気なメンバーたちだった。

その様子を見た限り、どうやら俺がこれから何をするのかしっかり理解しているらしい。

溜息を吐いた俺は、レーゼとともにバルコニーに出る。

甲冑を纏った女性たちが所狭しと密集していた。団長の気まぐれでこんな場所にまで足を運んで、さぞや窮屈だろうと思ったが……何故か彼女たちの表情は、どこか誇らしげに見える。

「……頼む。皆、力を貸してくれ」

名うての冒険者たちに、俺は頭を下げた。

彼女たちの代表であるレーゼが、俺の正面で片膝をつく。

「『白龍騎士団』、総勢十二名――これより、お前のために剣を振るおう」

［第三章］誰が為の英雄

翌朝。

天蓋付きのベッドで目を覚ましたルシラ＝エーヌビディアは、寝覚めの悪さを感じ取るよりも先に、胸の奥から痛みを感じた。

龍化病を発症してから、身体の至るところが痛みを訴えるようになった。

その痛みから、ルシラは発作のタイミングを推測する。

「……今日は、大丈夫そうじゃの」

昨晩、ネットに貰った薬が効果を発揮したのかもしれない。

あの男もなかなか非常識だ。突然のことだったのですっかり忘れていたが、万能霊薬を個人が所有しているなど、本来ならあり得ない。

しかし……万能霊薬でも龍化病は治らない。

ルシラはそれをとっくの昔に知っていた。

顔を洗い、服を着替え、ルシラは部屋を出る。

温かな陽光が窓から差していたが、心は全く晴れ渡らない。

——昨晩は、話しすぎた。

龍化病であることを言い当てられたせいで、冷静ではいられなくなった。その結果、何もかもを打ち明けてしまった。母の死、自分のトラウマ……そこまで語る必要はなかったと今になって思う。

ネットの負担になってしまったかもしれない。

そう思い、ルシラは一度ネットの部屋へ足を運ぶことにした。ネットには王城の客室を自由に出入りする権利を与えている。まだ朝早いため、恐らく部屋にいるだろう。

廊下を歩き続けると、向こうから誰かが近づいてきた。

真っ白な甲冑を纏った、金髪の、背の高い女性だ。

「お主は……」

「『白龍騎士団』団長、レーゼ＝フォン＝アルディアラと申します」

「おお、かの『白龍騎士団』の団長じゃったか。うむ……どうりで見覚えがあると思ったのじゃ」

かつて、毒魔龍の討伐を目的に連合軍が編成された際、レーゼは冒険者代表として参加していた。ルシラはその戦いを直《じか》に見ていたわけではないが、S級冒険者である彼女の活躍は凄まじかったと聞いている。

「しかし、どうしてここにいるのじゃ？」

「殿下にお伝えしたいことがあるからです」

「妾に……？」

ルシラは少し驚いた。

通常ならアポを取り、互いの予定を擦り合わせた上で面会するのが仕来りだが、こうして直接会いに来たということは何か緊急の話でもあるのかもしれない。『白龍騎士団』の団長である彼女なら、城内へ立ち入る許可を得ていても納得だ。

「そう言えば、お主。ネットとともに行動しているのではなかったか？　ネットは……見当たらんが」

ネットとレーゼの関係は、メイルを通してある程度は聞いていた。

だが、ネットの姿は見当たらない。

「あの男は既に、この街を発ちました」

レーゼが告げる。

その言葉を聞いて——ルシラは心臓を突かれたような気分に陥った。

昨晩、曝《さら》してしまった醜態を思い出す。

きっとネットは、自分やエーヌビディア王国に嫌気が差したのだろう。

「そ、そうか。まあ、当然じゃな。……妾と、顔を合わせる気などないか」

ネットがこの国から逃げる可能性を、ルシラは常に考えていた。

あの男にとっては、それが一番楽な道だ。決しておかしな話ではない。

だが、落ち込むルシラとは裏腹に、レーゼは告げる。

「行き先は、毒魔龍の巣です」

「……え？」

訊き返すルシラに、レーゼははっきりと言う。

「ネットは、毒魔龍を討伐しに行きました」

◆

夜明けとともに王都を出て、三時間が経過した頃。

眩《まぶ》しい朝日に目を細めた俺は、物凄い速度で移り変わる景色を一瞥した。

規則正しい蹄鉄の音を響かせるのは、風馬《かぜうま》と呼ばれる種類の、エーヌビディア王国で一番の早馬である。俺とメイル、それから『白龍騎士団』のメンバーたちは、この風馬が引く馬車に乗って移動していた。

「見えてきたな」

荒れた地面でも風馬は軽々と走り続ける。

激しく揺れる車体の中で、俺は目的地が近いことに気づいた。

エーヌビディア王国の北部。人が寄りつかないその大地に、街を丸ごと飲み込めるほどの巨大なクレーターがあった。中心に近づくにつれて、その地面は毒々しい紫色に染まっている。気化した毒が大気に混じっているのか、そこにいるだけで全身の肌がピリピリと小さな痛みを訴えた。

——毒魔龍の巣。

クレーターの中心は紫色の瘴気が立ちこめており、視界が悪い。

だがそこには、確実にいた。正真正銘の化け物が——龍と呼ばれる、強靭《きょうじん》なモンスターが。

馬車が停まり、騎士たちとともにクレーターの中心に向かう。

その途中、俺は段差に躓《つまず》いて転びそうになった。

「ネット、大丈夫か？」

隣を歩いていたメイルが、転倒しそうになった俺の身体を支える。

「悪い、助かった」

「体調不良なら休んでおけ。流石に今回ばかりは庇《かば》いきれないぞ」

「問題ない。……説得の材料を用意するのに徹夜しただけだ」

メイルが「説得？」と首を傾げる。

その説明は今しなくてもいいだろう。俺は気を引き締めて、目の前の景色を見た。

「ネット、感謝する」

唐突にメイルが言った。

「お前がルシラ様のために、立ち上がってくれたことを――私は生涯忘れないだろう」

律儀なことだ、と俺は小さく笑った。

今、この場にいるのは、俺と『白龍騎士団』とメイルのみ。移動手段を確保するために、どうしても近衛騎士の協力者が一人必要だった。悩んだ末に声を掛けたのがメイルだったが……彼女を選んで正解だったと思う。

「――さて」

丁度、敵も俺たちの存在に気づいたようだった。

立ちこめていた瘴気が渦を巻き、天にばらまかれる。

現れたのは瘴気の主。

猛毒を宿し、数え切れないほどの死者を出してきた、暴君――毒魔龍。

「それじゃあ、作戦開始といこう」

大勢の騎士たちが、剣を抜いた。

◆

毒魔龍の見た目は、あらゆる龍の中でも一際悍《おぞ》ましいものだった。

巨大な体躯は毒々しい紫色の鱗に覆われており、瘴気の中で金色に輝くその双眸は、ギョロギョロと忙しなく動いている。

不揃いな牙の間から滴る唾液は、地面に触れると同時にジュッと音を立てて瘴気を放った。逞《たくま》しく、捻《ねじ》れ曲《ま》がった爪は、体重をかけられるだけで地面を抉《えぐ》る。

「第一班、突撃ッ!!」

レーゼの部下である、『白龍騎士団』の一人が叫んだ。

毒魔龍の周囲には常に紫色の瘴気が立ちこめている。これに長時間触れると、龍化病だけでなく様々な病を発症する恐れがあった。

そのため、俺たちは複数の班に分かれて行動する。

第一班が毒魔龍に接近して攻撃を仕掛けた。そして、長時間瘴気に触れる前に一度毒魔龍から距離を取り――――入れ違いに次の班が攻撃を開始する。

「第一班、後退！　第二班、突撃ッ!!」

第二班が前衛を担う。毒魔龍から離れた第一班は、回復および体調の確認に専念した。

これを繰り返すことで、全員が毒魔龍との長時間の接触を避けた上で、攻撃を持続できる。

「これが、毒魔龍か……話に聞いていた以上の、悍ましさだな」

俺の傍で待機しているメイルが呟く。

「メイルは、毒魔龍を見たのは初めてなんだったか」

「ああ。私はルシラ様の護衛が主な任務だからな。一度目の戦いにも参加していなかった」

基本的に今回の戦いでは、『白龍騎士団』が毒魔龍と戦う。日頃からともに行動しているという彼女たちの連携は凄まじく強力だ。部外者である俺やメイルが、余計な手出しをすればかえって迷惑となってしまう。

しかし、メイルの実力も決して劣っているわけではない。

あのレーゼが、一目見ただけで『白龍騎士団』への勧誘を検討したほどだ。故に彼女には——遊撃役として、自由に動いてもよいと伝えている。

「右翼の壁が薄い。——加勢してくるッ!!」

「ああ、頼む」

メイルは強く地面を踏み、大地を疾走した。

この場にいる戦力は『白龍騎士団』に加え、メイルの計十三人。班分けで二等分にしているため、攻撃に手を回せる人数は最大でも七人となる。

四度目の班の入れ替えが行われた。

元々は連合軍を編成して挑んだ相手だ。やはり急造のチームでは人数が足りず、個々の負担が大きい。

「ネット!」

頭上から迫る毒魔龍の爪を、メイルが受け流して叫ぶ。

「本当にレーゼ様は、後で来るんだろうな!? ここにいるメンバーだけでは、どう考えても戦力不足だ！ これでは勝ち目がないぞ！」

「心配しなくても、レーゼの足なら王都からここまでほんの一瞬だ。俺たちが全滅する前には来てくれる」

存在力6の身体能力を舐めてはならない。

その気になれば、馬車で三時間かかった道を、十分以内に駆け抜けることができる。

「な、なら何故、今は来ていないんだ!?」

その問いに、俺は毒魔龍を睨みながら答えた。

「……切り札を、用意しているからだ」

メイルの言う通り、どう考えても戦力が足りない。

だがそれ以前に動けるタイミングは今しかなかった。ルシラの体調は日に日に悪くなる一方。

『白龍騎士団』だって常に予定が空いているわけではない。より多くの戦力を用意するには、より長い時間を費やす必要があり……その時にルシラの体調がどうなっているかは分からない。

「馬車、借りるぞ」

足りない戦力は工夫で埋める。

俺は停めてあった馬車の御者台に乗り、風馬を走らせた。

「よせ、ネット！　無茶だ！」

「引き付けるくらいなら、俺にもできる！」

龍は知性を持つモンスターだが、だからといって全ての龍が、知的であろうと努力するわけではない。それは人間と同じだ。

毒魔龍は知性を捨てて暴力を武器にしている。

その攻撃はどれも凶悪だが、代わりに――失った知性こそが付け入る隙となる。

「よし……こっちに来い、毒魔龍……」

陽動は成功した。だが同時に、頭が警鐘を鳴らす。

毒魔龍が口から瘴気を吐き出した。紫色の霧が辺りに広がる。

眼球に鋭い痛みが走り、目を伏せた。すぐにこの場から離れなければならないが、視界が霞み、うまく馬を操作できない。

その時、御者台に何かが降ってきた。

いきなり隣から感じた衝撃に驚き、目を開くと……そこには『白龍騎士団』のメンバーである少女がいる。

「ネットの旦那ー、相変わらず無茶しますねー」

「好きで無茶したことなんて、一度もないんだけどな」

「またまたー。……運転、代わりますよーっ！」

少女は慣れた動きで風馬を操作した。

確か彼女は、『白龍騎士団』の中でも馬の扱いに長けた人物だ。道中も御者台で風馬を操縦していた。

先程の瘴気で俺を仕留め損なったのが意外だったのか、毒魔龍の金色の瞳が俺たちを映した。

巨大な腕が、横に薙《な》ぎ払《はら》われる。

太い鉤爪が馬車に直撃する寸前――。

「ネットさん、無事ですか！」

ガキン！　と大きな音が響いた。

長髪の女性が、迫り来る鉤爪を下から上に弾いた音だった。

「ありがとう、助かった」

「貴方が死んだら、うちの団長が後追いしちゃいそうですから！　絶対、死なせるわけにはいきませんッ!!」

流石にそんなことはないと思うが、今は何も言わないでおこう。

陽動は想像以上に成功した。毒魔龍が俺たちに意識を割いている隙に、『白龍騎士団』の残ったメンバーたちが一斉攻撃を仕掛ける。

「二人とも、俺はもう大丈夫だから攻撃に参加してくれ」

「で、ですが……」

「行ってくれ」

真剣に頼むと、二人の少女は反論をぐっと堪えて毒魔龍の方へ向かった。

風馬を走らせて毒魔龍の背後に回り込む。『白龍騎士団』の猛攻を見届けつつ、隙があれば再び陽動に出るつもりでいると——毒魔龍の口腔《こうこう》に、光のようなものが見えた。

——ヤバい。

息吹《ブレス》だ。

龍が持つ特殊な攻撃手段。それが息吹である。龍は体内に膨大なエネルギーを蓄積しており、それを口から吐き出すことで高威力・広範囲の攻撃を繰り出すのだ。

毒魔龍が眼前の騎士たちに、紫色の光線を放った。

轟音《ごうおん》とともに、光線はクレーターの壁を貫く。王都を守る城壁も、これが直撃すれば一瞬で塵《ちり》と化すだろう。地面は抉れ、大気は吹き飛び、遠くに見える森林が燃え上がった。

そんな一撃を受けた騎士たちは——無傷とはいえないが、無事だった。

存在力が高い者から前に並び、盾を用いて強引に息吹の軌道を逸らしたのだろう。『白龍騎士団』の最高戦力は存在力6のレーゼだが、他のメンバーも存在力5が複数いるため、工夫次第では龍の息吹に対処できる。

荒れた大地で、傷だらけになりながら剣を構える彼女たちの姿は、まさに英雄そのものだった。

その光景を目の当たりにして……俺はつい、苦々しい記憶を思い出す。

「……羨ましいな」

そんなふうに戦えることが。そんなふうに剣を握れることが。

無意識に拳を握り締め――掌から血が垂れていることに気づいた俺は、舌打ちした。

……なんで今、思い出すんだ。

心当たりはすぐに見つかった。

昨晩、レーゼが余計な一言を告げたからだ。

『伊達に勇者を目指していたわけではないな』

その言葉が――俺の脳内で反芻《はんすう》される。

◆

勇者になりたかった。

誰もが羨む英雄になりたかった。人々の希望を担い、世界を混沌《こんとん》に陥れた魔王を討ち滅ぼして、人類を――世界を救いたかった。

どうしてそんなふうに思うようになったのか、切っ掛けは分からない。子供の頃に読んだ英雄譚かもしれないし、街の酒場で聞いた吟遊詩人の唄かもしれない。

ただ俺は、とにかく誰かのために剣を握って戦いたいと思っていた。

勇者になりたい。そんな強い志を、幼い頃の俺は持っていた。

しかし——現実は甘くない。

勇者を志した俺は、程なくして自分に才能がないと知った。

身体能力は平均以下。同世代と比べると、スタミナはないし膂力もない。体格も決して優れている方ではなかった。おまけに存在力も上がりにくい体質だと発覚した。

では頭脳はどうかと問われると、こちらも平凡止まりだった。地頭は普通で、独特な戦術を編み出すほどのセンスもなく、記憶力も興味の対象でなければそこまで優れているわけではない。そんな頭では魔法の習得も難しかった。

——才能がない。

勇者になるとか、ならないとか。それ以前の問題で……俺には戦う才能がなかったのだ。

だから俺は、誰かを頼ることにした。

どう足掻《あが》いても、俺は勇者になれないから。

勇者になれないと分かったのに——どうしても、誰かのために戦いたいという気持ちだけは、消えなかったから。

とにかく強い人たちに声を掛けた。

彼らに対する尊敬と憧憬を忘れることなく、彼らとともに行動を続けた。

そうして、勇者になるという道を諦めてから、数年が経過した頃。

いつの間にか俺の周りには色んな人たちが集まるようになっていた。俺は、俺自身が勇者になることを諦めれば、それなりに人生が上手《うま》くいくと気づいたのだ。

それでも、十日ほど前。

インテール王国で、俺の作った冒険者パーティが、勇者パーティに任命されると聞いた時。

きっと俺は――心のどこかで期待した。

こんな俺でも、勇者になれるのではないかと。

◆

「本当に……俺はどこまでも半端者だな……」

騎士たちと毒魔龍の戦いを眺めながら、パーティを追放された時のことを思い出す。

今思えば、インテール王国の国王陛下に、色々と根回しすることができたかもしれない。

陛下が勇者パーティを募集していることは知っていたし、その第一候補に俺たち『星屑の灯火団』の名が挙がっていることにも気づいていた。

それでも、俺が敢えて根回しを一切しなかったのは――。

――認められたかったのだ。

お前は勇者だと、言ってほしかった。

根回しや損得勘定による、ねじ曲げられた意見ではなく……純粋に、勇者だと認められたかったのだ。

「くそ……」

中途半端な自分の生き様に吐き気がする。まさかまだ諦めきれていなかったのか……その幼稚な精神をぶん殴りたくなる。

「思ったより……こたえたのかもな……」

認めざるを得ない。

どうやら勇者パーティの追放は――俺にとってそれなりに辛《つら》かったようだ。

今まで明るく振る舞っていた分、その事実に気づくと一気に頭が重たくなった。

俺は弱い。そんなこと、今更言われなくても気づいている。

身体だけではない。きっと俺は心も弱い。


「ネット!!」


その時、メイルの声が聞こえた。

気づけば毒魔龍の顎が迫っている。

俺はすぐに風馬を操り、毒魔龍の噛み付きを紙一重で回避した。

毒魔龍が動くだけで爆風が吹き荒れる。その風に乗って瘴気がばらまかれ、肌が焼けるような痛みを訴えた。

「ネット、あまり無茶をするな！」

メイルが剣を振り回し、周囲に立ち込めていた瘴気を吹き飛ばす。

「お前は――戦えないのだろうッ!!」

メイルが叫ぶ。

それは、俺の覚悟を今一度呼び起こす言葉だった。

「ああ……そうだな」

メイルの言う通りだ。

俺は戦えない。それを認めたからこそ――今の俺がある。

「メイル、もう少し持《も》ち堪《こた》えてくれ！　後少しでレーゼが来るッ!!」

必死に叫ぶと、メイルは不敵な笑みを浮かべて毒魔龍と対峙《たいじ》した。

その勇ましい姿を見て俺は安心する。――ああ、やっぱり彼女たちは、俺には手の届かない世界にいるのだ。

彼女たちを尊敬するのはいい。しかし、比較して今の自分を否定してはならない。

勇者を諦めた過去は重苦しいが、俺は今の自分の生き様に満足しているのだ。

この生き方をしてから、ちっぽけな信念も成長した。

幼い頃は、漠然と誰かのために戦いたいと思っていたが——今は違う。

この胸にあるのは、確かな覚悟だ。

俺はいつだって、誰かに助けられて生きている。
だから俺は——誰かのために生きなくてはならない。

「ルシラ……ッ」

理不尽な運命を前にして、苦しんでいる少女のことを思い出す。

彼女に救いの手を差し伸べるのは——俺の使命だ。

◇

「す、すぐに撤退を指示するのじゃ！」

ルシラは叫んだ。

目の前に立つレーゼを睨む。今、ネットたちが毒魔龍と戦っているというのに、どうしてそんな冷静な態度を保っていられるのかルシラには全く理解できなかった。

「お主も、戦ったことがあるなら分かるじゃろう！　毒魔龍は、勝てる相手ではないのじゃっ!!」

だから連合軍が敗れた後、誰も毒魔龍には挑まなかったのだ。

しかし――。

「ネットは、止まりませんよ」

レーゼは落ち着いた声音で告げる。

「かつてあの男は、勇者に憧れ、挫折し……それでも志だけは胸に残った。……あの男は、貴女を救うと決めたのです。それが成し遂げられるまで、止まることはありません」

断言するレーゼに、ルシラは目を見開く。

「しかし……殿下の言う通り、このままでは勝てないでしょう」

当たり前だ。

そう、ルシラが告げる前に――レーゼは言った。

「ネットは待っています。殻を破って、駆けつけてくれる誰かを……」

それが誰のことを指しているのか、ルシラはすぐに察した。

しかしルシラは拳を握り締め、視線を下げる。

「わ、妾は……それでも……」

ルシラは過去、発作を抑えている時に偶々鏡を見たことがある。

鏡に映る自分は、悍ましい化け物にしか見えなかった。その身に破壊の力を宿す、正真正銘の化け物……そんな醜い怪物になるくらいなら、自ら死を選ぶ覚悟だった。

だが今、その覚悟が揺らぎ始める。

ネットという、一人の男の生き様によって……。

「……少し、昔話をしましょう」

不意に、レーゼは言った。

「私は以前、ネットに家族を救ってもらいました」

レーゼは過去を懐かしむような表情で語り続ける。

「その時、ネットは私ではなく、また別の冒険者を雇っていました。家族を救われた私は勿論、ネットに感謝の気持ちを抱きましたが……それ以上に気になったのは、ネットが雇っていた冒険者の表情です」

「表情……？」

訊き返すルシラに、レーゼは微笑む。

「とても、誇らしげな顔をしていたのです。……ただ雇われているだけの冒険者が、何故あのような顔つきでいられるのか、気になって仕方ありませんでした」

大切な思い出を語るように――レーゼは丁寧に言葉を紡ぐ。

「それから私はしばらくの間、ネットとともに行動するようになり……その冒険者の気持ちを理解することができました。……あの男は、いつだって誰かのために戦います。決して、強くはないのに……その信念だけは揺らがない。あの男は、力を持っていませんが、誰よりも力の使い方が分かっているのです」

どこか誇らしい表情で、レーゼは語る。

「もし、自分が強さを持て余すくらいなら……彼のような人物に託したい。いつの間にか私は、そう思うようになりました」

「……じゃから、お主は、ネットに従っておるのか？」

「はい。私だけでなく、きっとネットを慕う者の全てが、同じ考えの持ち主でしょう」

ネットは大勢の仲間を持つ。レーゼは、その全てと知り合いというわけではない。

だが、きっと顔を合わせれば盛り上がるだろうと思う。あの男に協力している時点で、気が合うのは間違いないのだ。

「ルシラ殿下。どうか、ネットを信じてやってください」

レーゼは真剣な面持ちで告げる。

「あの男は、勇者にはなれませんが——誰かを勇者にできる男です」

言葉の意図はすぐに分かった。

今、目の前に、その誰かの枠があるのだ。レーゼはそれをはっきりと伝えていた。

「これをお渡ししておきます」

レーゼは、一枚の手紙をルシラに渡す。

「これは……？」

「ネットが、殿下に書き残した手紙です。本当はこれを渡すことだけが私の仕事でしたが、少し話が長引いてしまいました。……徹夜で書いたようですから、できれば最後まで目を通してやってください」

そう言ってレーゼは踵を返した。

「ま、待て！　何処に行くのじゃ⁉」

「勿論、戦場です。予定では、そろそろ私が必要になる頃合いですので」

「……今から行って、間に合うというのか？」

「間に合いますよ。私は足が速いので。……まあ、貴女には負けるかもしれませんが」

微笑を浮かべてそう告げたレーゼは、今度こそ振り返ることなくルシラの前から去った。

手紙を受け取ったルシラは、すぐ傍にある、ネットに宛がっていた客室の扉を開いた。

部屋の中に入り、ネットが書き残したという手紙を読む。

一体、どのようなことが書かれているのか、恐る恐る読み進めると――――。

＊＊＊＊＊＊＊＊＊＊＊＊＊＊＊＊＊＊＊＊＊＊＊＊＊＊＊＊

【人類最強ランキング（暫定版）】
1位：ナッセ＝アドヴェンテリア
2位：セブン＝ユグドラシル
3位：リュウゼン＝アルハザード
4位：ロイド＝イクステッド
…………
……

＊＊＊＊＊＊＊＊＊＊＊＊＊＊＊＊＊＊＊＊＊＊＊＊＊＊＊＊

「な、なんじゃ、これは……？」

レーゼから受け取ったその手紙には、謎のランキングが記されていた。

ネットは一体、どのような意図で自分にこれを渡したのだろうか……ルシラは疑問を抱きながら、ランキングに記されている名前を黙読する。

ナッセ、セブン、リュウゼン、ロイド……聞いたことがある名だ。彼らはいずれも人類最強の候補として有名である。このランキングの上位に記されていてもおかしくない。

＊＊＊＊＊＊＊＊＊＊＊＊＊＊＊＊＊＊＊＊＊＊＊＊＊＊＊＊＊

27位：ロサナ＝メルグリア
28位：リズ＝ドロウェル
29位：ナイン＝ユグドラシル
30位：エドウィン＝ウォーカー
31位：ペネルト＝ピルジャローア

…………

……

49位：ウォルフレッド＝オルギス
50位：エリザベート＝デュライブ
51位：ホセ＝マキシア
52位：ルシラ＝エーヌビディア
53位：クロチアード＝メイ

…………

……

＊＊＊＊＊＊＊＊＊＊＊＊＊＊＊＊＊＊＊＊＊＊＊＊＊＊＊＊＊

「……む」

順位が下がるにつれて、徐々に聞き覚えのない名前が増えてきた。

適当に読み流そうとした時、ルシラは自分の名前が記されていることに気づく。

52位：ルシラ＝エーヌビディア

ネットが作った【人類最強ランキング（暫定版）】の中で、自分は52番目に強い人間と位置づけされていた。

ランキングはその後も続いている。

ざっと読み飛ばすと、100位まで記されていた。

ページを捲《めく》ると、今度はネットのメッセージが記されている。

ランキングの意図を知るためにも、ルシラは二枚目をじっくり読み始めた。

＊＊＊＊＊＊＊＊＊＊＊＊＊＊＊＊＊＊＊＊＊

と、言うわけで、ルシラは52位にランクインすることになった。

おめでとう。

……流石にそれだけでは何も伝わらないと思うので、順を追って説明する。

いきなり手紙を出して申し訳ない。

口頭で伝えるよりも、紙に書いた方が分かりやすいと思ったから、レーゼに頼んでこれを渡すことにした。

見ての通り、ルシラは52番目に強い人間だ。

ルシラの中にある龍の力が、どれだけ大きかったとしても、最高で52位となる。俺も詳しくは知らなかったが、どうやら龍化病で手に入る龍の力は、病原となる龍の情報からある程度推測できるらしい。

ちなみにこのランキング、監修は大賢者マーリンと叡智王《えいちおう》ルーカスだ。

ルシラも名前くらいは聞いたことがあるだろう？　世界で最も知識を蓄えている二人だ。そんな二人に監修してもらったんだから、このランキングの信憑性《しんぴょうせい》は世界一と言っても過言ではない。……余談だが、この二人が協力して何かを作ったのは初めてらしい。本人たち曰《いわ》く「歴史的な共同作業」とのことだ。明日の新聞に載るかもしれないな。

さて……このランキングで俺が伝えたいことは一つ。

ルシラ。

世界を舐めるな。

龍化病なんて、ちょっと広い視野で見れば決して珍しい症状ではない。

世の中には、龍を素手でぶっ飛ばせる人間だって幾らでもいるんだ。

ランキングを見れば分かる通り、ルシラの順位は高くても52位。

その上にはあと51人もの人間がいる。

お前は化け物じゃない。

お前如きでは手も足も出ない、本物の化け物が、この世界にはまだまだいるんだ。


俺の言いたいことは分かるか？

つまり……最低でも51人、お前のことを全く恐れない人間がいるということだ。

＊＊＊＊＊＊＊＊＊＊＊＊＊＊＊＊＊＊＊＊

「……ぁ」

ルシラはそこでようやく、このランキングの意図に気づいた。

ネットが自分に何を伝えたいのか、はっきりと理解した。

＊＊＊＊＊＊＊＊＊＊＊＊＊＊＊＊＊＊＊＊

ちなみに、ランキングには入っていないが、俺もそのうちの一人だ。

ランキングの1位から51位のうち、俺は47人と会ったことがある。彼らと関わってきた俺にとって、たかが52位のお前なんか、その辺にいる一般人と同じだ。


昨晩、ルシラの龍化を見た時の俺は怯えていたか？

そんなことないだろう。

俺はお前が龍になったところで、大して怖いとは思わない。

……それじゃあ、駄目か？

少なくともここに一人、お前の力を全く恐れていない人間がいるわけだが。

それがルシラにとっての、龍の力を受け入れる理由にはならないだろうか？


この手紙を見ているということは、既に俺は城を発った後だろう。

多分、俺は今、死にかけている。

これで死んだところで、自業自得なのは間違いないが……もし、ルシラの気が変わったなら是非とも手を貸してほしい。

ルシラの力は、誰かを救うために使うことができるはずだ。

物は試しだと思って、まずは俺を助けてくれたら嬉しい。

＊＊＊＊＊＊＊＊＊＊＊＊＊＊＊＊＊＊＊＊

手紙が終わる。

最後の一文まで読み進めたルシラは、ぷるぷると身体を震わせた。

「くふ、ふふふ……っ!!」

思わず、笑ってしまう。

何が物は試しだ。何が助けてほしいだ。

いつの間にか立場が逆転している。

てっきり、自分が助けられる側だと思っていたのに……気がつけば助けを求められている。

だが、きっとそういうことなのだろう。

奇妙で、おかしな話ではあるが、それがネットという男の生き様なのだろう。

――もしも、この世界が英雄譚なら。

これは、ネットという英雄が、誰かを救う物語ではない。

この世界に存在する、様々な英雄たちが、ネットを救う物語なのだ。

今回、その英雄に選ばれたのは――ルシラ＝エーヌビディア。

龍化病に蝕まれ、その身に宿った龍の力に怯える少女である。

ただ――それだけに過ぎない。

自分は、数多くいる英雄の、たった一人に過ぎないのだ。

「勇者にはなれないが……誰かを勇者にできる男、か」

レーゼの言葉を思い出す。

その意味を今、完全に理解した。

きっと、これがあの男の常套手段なのだ。

今回は自分が英雄に選ばれた。多分、レ、、、ーゼの時もあったのだろう。そして、その前はまた別の誰かが英雄に選ばれたのだ。

バルコニーに出ると、一陣の風が吹き抜ける。

小さく吐息を零《こぼ》したルシラは、己の内側にある龍の力に手を添えた。

目の前にあるのは頑強な殻だった。他でもない自分自身が生み出した殻だ。その先にあるのは冷たい暗闇だと思っていたから、ずっと殻の中に閉じこもっていた。

しかし、どうやら殻の向こうにあるのは暗闇ではないらしい。

少なくとも一人、殻の向こうで待ってくれている男がいる。その事実は、ルシラの背中を優しく――強く押した。

殻の向こう側は、想像していたものより温かいのかもしれない。

信じてみよう……この先にある世界を。

――ミシリ、と身体が軋む。

龍の鱗が頬を覆った。

手足の爪は逞しく伸び、歯の間に鋭い牙が生える。

不思議だ。発作で龍化する時はいつも苦しかったのに、自分の意志で龍化すると、全く苦しさを感じなかった。自分の中で相反していた二つの要素が噛み合ったかのようだ。

「妾の、爪は……」

その手に生えた鋭い爪を見る。

この爪は、破壊と暴力のためはなく、誰かを救うための剣になれるだろうか。

「妾の、翼は……」

窓に映る純白の翼を見る。

この翼は、殺戮《さつりく》を振りまくためではなく、助けを求める誰かのために羽ばたくことができるだろうか。

「妾の、力は……ッ!!」

身体の奥底から湧き上がる、龍の力を感じ取る。

この力は——誰かを救うために、使うことができるだろうか。

自信はない。だから委ねようと思った。

自分を信じてくれた、あの男に——この力の在り方を決めてもらおう。

◆

毒魔龍の息吹をメイルたちが耐え忍んだ後、ポーチの中で何かが震動した。

馬車を降りた俺は、ポーチの中に手を突っ込み、着信を報せる通信石を取り出す。

「レーゼか？」

『ああ。例の手紙、殿下に渡しておいたぞ』

「助かる。それじゃあ――すぐにアレを使ってくれ」

『承知した』

短くやり取りを済ませた俺は、毒魔龍と戦っている騎士たちに近づき、大声を発した。

「全員、俺が合図をしたら毒魔龍から距離を取れッ!!」

その声を聞いて、『白龍騎士団』の冒険者たちが「はい！」と返事をする。

「ネット、何をするつもりだ？」

近くで身体を休めていたメイルが俺に訊いた。

毒魔龍の瘴気をしばらく受け続けていたため、今は攻撃に参加できないようだ。

「今からレーゼが来て、大技をぶつける」

あらかじめレーゼと決めていた作戦だ。

「レーゼが持つ武装……《栄光大輝の剣》には、特殊なスキルがあるんだ。それを使えば、毒魔龍に大きなダメージを与えられる」

「そ、そんなものがあるのか……しかし、それならどうして今まで使わなかった？」

「そのスキルは奇襲に向いているんだ。毒魔龍の意表を突くためにも、今までレーゼを戦いに参加させなかった」

そのスキルは強力であるが故に、集団戦では味方を巻き込みやすい。だから一度目の毒魔龍との戦いでは使えなかったようだ。

危険なスキルでもあるため、レーゼはこれを無闇矢鱈《むやみやたら》に使用しない。その結果、《栄光大輝の剣》という武器は有名になっても、武器に宿ったスキルは知名度が低かった。レーゼがこのスキルを使う時は、大抵、衆目がいない人外魔境で戦っている時だ。噂も滅多に広まらない。

「毒魔龍も、俺たちが格下ばかりだと気づいて、いい具合に油断している」

先程の息吹を放った後から、毒魔龍の攻撃は徐々に大雑把なものになっていた。

既に疲労困憊《ひろうこんぱい》な状態である俺たちを、見下しつつある。

「頃合いだ。……頼むぞ、レーゼ」

タイミングを見計らって、『白龍騎士団』たちに毒魔龍と距離を取るよう指示を出す。

数秒後——王都方面の空が、光ったような気がした。

◇

ネットとの通信を終えたレーゼは、鞘から《栄光大輝の剣》を引き抜いた。

存在力6の膂力を限界まで酷使して、毒魔龍の巣へと向かう。その速力は風馬の十倍以上に及び、僅か数秒で森を抜けるほどだった。

「《栄光大輝の剣よ》――」

走りながら、レーゼは唱える。

レーゼの象徴とも言える特殊武装《栄光大輝の剣》は、剣であると同時にもう一つの武器でもある。これから使うのは、二つ目の武器としての特性だ。

「《万象導く光を纏い》《礎を貫く槍と化せ》――」

眩《まばゆ》い光が剣を覆い、形状が変わる。

刀身は長く、太くなり、柄の感触も硬い棒のようなものになる。

現れたのは光の槍だった。

レーゼはそれを、全力で投擲する。

「スキル解放――《流穿大輝の槍《りゅうせんたいき》》」

◆

王都方面の空が光ったと思った、次の瞬間。

巨大な光の槍が、毒魔龍の胴体を貫いた。

激しい衝撃。響く轟音。そして——悲鳴を上げる毒魔龍。

紫色の巨軀が地面に倒れた。強く地響きが起き、地面に亀裂が走る。

「う、うまくいったのか……？」

「……ああ。奇襲は成功した」

どこか期待しているメイルに対し、俺は油断せずに言う。

「だが、毒魔龍が相手なら……ここまでやっても、ただの足止めにしかならない」

毒魔龍が咆哮《ほうこう》を発した。口から大量の瘴気が溢れ、大気が紫色に濁る。

大きなダメージを与えられたのは間違いない。だが、それでは致命傷にはならなかった。

最早、毒魔龍は油断していない。毒魔龍は俺たちを敵と認め、瘴気とともに強い殺意を振りまいていた。金色の双眸が俺たちを睨む。強烈な重圧を感じ、心が押し潰されそうになった。

レーゼが放った光の槍は、今も毒魔龍の胴体に刺さったままだ。おかげで毒魔龍は身動きできずにいるが——いつまでも保つわけではない。

「そんな……切り札も、通用しないというのか……ッ!?」

メイルの顔が青褪める。

切り札というのは、戦いが始まってすぐに俺が告げたことを指しているのだろう。

「これが切り札というわけではないんだが……そろそろ、本当にマズいな」

時間稼ぎも限界に近い。

大技を使ったレーゼはしばらく動けないはずだ。彼女が到着するまでの間、この場にいる戦力で耐え忍ぶしかない。

光の槍に貫かれた毒魔龍は、その顎を大きく広げた。

口腔の奥に、紫色の燐光《りんこう》が見える。

――二度目の息吹。

流石にそれは耐えられそうにない。

冷や汗を吹き出しながら、周りにいる仲間たちの様子を見る。メイルも、『白龍騎士団』の冒険者たちも、その顔に諦念の感情が浮かんでいた。

万事休す。そんな言葉が頭を過ぎる。

だが、毒魔龍の口腔が強く輝き、紫色の光線が放たれる寸前――。

天から、白銀の光が降り注いだ。

白銀の光は毒魔龍を押し潰し、二度目の息吹を阻止する。

レーゼのスキルよりも更に高威力の攻撃だ。毒魔龍の身体を覆う頑強な鱗に、幾重もの亀裂が走っている。

「これは……」

何が起きたのか、理解するまで少し時間が掛かった。

強烈な威力と輝きに目を眩《くら》ませた俺たちのもとへ、巨大な影が降り立つ。

それは、白銀の鱗に覆われた、美しい龍だった。

「りゅ、龍……!?」

「どうして、こんなところに……ッ!?」

冒険者たちが動揺している。

エーヌビディア王国の国民たちは龍を信仰しているらしいが、流石にこの状況だ。毒魔龍と同じく、敵なのかもしれないという不安が過ぎる。

「問題ない!! その龍は味方だ!!」

すぐに俺は叫んだ。

隣ではメイルが何かを察した様子で目を見開いている。……メイルは気づいているはずだ。

俺たちは、降り立ったその龍の爪や翼に見覚えがあった。

「ルシラだな」

『……そうじゃ』

白銀の龍が返事をする。

空気を震わせるような、腹の奥底に響くようなその声は――紛れもなくルシラのものだった。

「遅かったな。あと少しで死ぬところだったぞ」

『……お主は、最初から分かっていたのか？ 妾がここにやって来ると』

「当たり前だ」

笑みを浮かべ、俺は言う。

「俺はな——人を見る目だけは確かなんだ」

白銀の龍の、真紅の双眸を見つめながら俺は言った。

恐ろしい重圧だ。その存在感は毒魔龍に勝るとも劣らない。だが……彼女は紛れもなく人間であると俺は知っている。少し前まで、己の中にある龍の力を恐れており、たった今、殻を突き破って現れた少女に過ぎない。

恐れる理由はない。

ルシラ＝エーヌビディアは俺たちの味方なのだ。

『くふ……ふはははははッ!!』

龍が笑う。それだけで大気が揺れた。

毒魔龍は動かない。俺たちを——白銀の龍ルシラを警戒しているようだ。

『ネット。もう少し、待っているのじゃ』

どこか安心した瞳で、ルシラは俺を見つめながら言う。

『妾が——お主を助けてみせよう』

そう告げたルシラは翼を大きく広げる。

ルシラは自分のことを化け物と言っていたが、とてもそうは見えなかった。陽光を反射するその白銀の鱗は柔らかい初雪を彷彿《ほうふつ》とさせ、美しい真紅の双眸は、毒魔龍のものと違って知性と誇りを灯《とも》している。

その龍は高潔だった。

エーヌビディア王国の国民が、どうして龍を信仰するのか、その気持ちを理解する。

ルシラの口腔が眩く光る。息吹を使うようだ。

毒魔龍も負けじと口腔に光を蓄える。

刹那、二体の龍が同時に息吹を放ったが――その軍配は、白銀の龍に上がった。

眩い光線が紫色の息吹を押しのけ、毒魔龍の身体を飲み込む。毒魔龍は反対側のクレーターまで吹き飛び、大きな音とともに倒れた。

「……マジか」

ルシラの息吹はまだ続いている。その威力を目の当たりにして、俺は思わず呟いた。

メイルや『白銀騎士団』のメンバーたちも愕然としていた。まさかルシラがここまで強いとは。

意外……ではない。

龍化病で手に入れられる龍の力は、病が進行するにつれて大きくなり、最終的には病原となる龍と同じかそれ以上に達する。

龍化病が限界まで進行しているルシラの強さは、既に毒魔龍の一歩手前まで達していた。そ

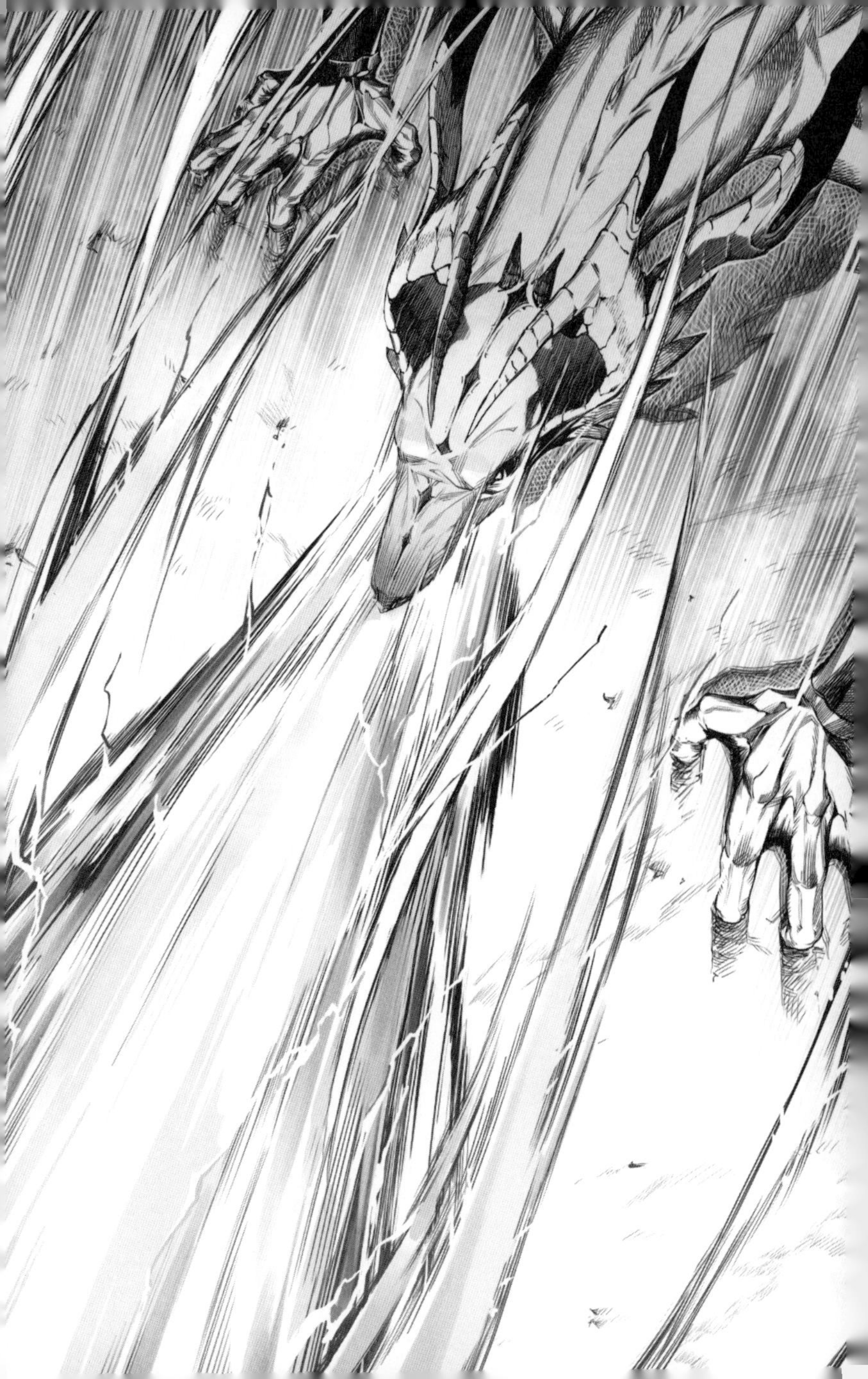

れはつまり――単独で連合軍を退けられるほどの強さに、限りなく近いということだ。

「ネット」

背後から声を掛けられる。

振り返ると、そこにはレーゼがいた。

「レーゼか。急いで来てもらったところ、申し訳ないが……」

「ああ、見れば分かる。……私の出番はもうないな」

白銀の閃光が、ようやく終わった。

倒れた毒魔龍はピクリとも動かない。レーゼのスキルで大打撃を与えていたとはいえ、まさかこんなに容易《たやす》く決着がつくとは思わなかった。

「……なんだ」

倒れ伏す毒魔龍の前で、白銀の龍は悠然と佇んでいた。

龍化してなお、ルシラからは王族としての威厳を感じる。メイルや『白龍騎士団』たちにも、怯えた様子はない。

白い鱗は陽光を反射して輝いていた。

戦場で輝くその龍は、御伽噺に出てくる英雄を彷彿とさせ――。

「……かっこいいじゃないか」

その力は決して悍ましいものではない。使い方さえ間違えなければ、人々にとって救いの光となる。

羨ましさと憧れを――俺にとってはいつも通りの感情を抱く。

俺は英雄になれない人間だ。けれど不思議なことに、この光景だけは何度見ても好きだった。

ようこそ、新たな英雄。

俺はお前を、心の底から尊敬する。

◆

毒魔龍が息絶えた後。

俺は、目の前に広がる破壊の跡を眺めた。

ルシラの息吹は、毒魔龍の息吹に匹敵するほどの威力だった。毒魔龍が傷ついていたとはいえ、まさかあの戦況を一気に覆すとは……。

「……純粋な火力のみなら、10位以内に入りそうだな」

これでもそれなりに場数を踏んでいると自負していたつもりだが、この威力の攻撃は滅多に見ない。多分、龍の中でも最上位に該当するだろう。

「説得を手伝った私に感謝してほしいものだな」

レーゼがどこか得意気に言った。

「説得と言っても、俺が書いた手紙を渡しただけだろ？」

「…………そうだな」

「おい。なんで今、視線を逸らした？　まさかとは思うが、何か余計なことを喋ってないだろうな？」

「ふふふ……さぁな。ふふふ……」

レーゼが意味深な笑みを浮かべた。

絶対、余計なことを喋っている。昔の俺についての話とか、していなければいいが……。

『ネット』

腹の底に響く声音が、俺を呼ぶ。

見れば龍化したルシラが、大きな足音とともにゆっくりと俺に近づいてきた。

「お疲れ。気分はどうだ？」

『気分か……ふ、ふふふ……気分、か……』

その返答に俺は「ん？」と首を傾げた。

どうも様子がおかしい。まさか何か問題でも起きたのかと思い、不安を抱くと、ルシラは目の前で龍化を解除した。

銀髪の少女が、一糸纏わぬ姿で現れる。

眼前に広がる破壊の跡に、ルシラは身体を震わせた。

「お……」

「お？」

「おんぎゃあああああーーーっ!!　怖かった！　怖かったぞ、ネットぉおぉおぉお!!」

ルシラは全速力で俺のもとまで走り、勢いよく抱きついてきた。

裸で抱きつかれていることに、少なからず動揺するが……それ以前に、痛い。肋骨《ろっこつ》が悲鳴を上げていた。華奢な体軀にも拘わらず、ルシラの膂力はとても強い。まだ龍化の影響を受けているのだろうか。

「お、おお、怖かったな。もう大丈夫だぞ……大丈夫だから、一旦離れて……」

「やっぱり妾に戦いは無理じゃっ!!　もうせんぞ！　妾はもう二度と、戦わんのじゃあぁあぁあぁあぁあぁあぁあーーー!!！」

激痛のあまり意識が薄れていく中、俺はルシラの言葉に納得した。

あぁ……そうか。

薄々、そうかもしれないとは思っていたが……。

元々ルシラは、自分が毒魔龍のようになってしまうのではないかという不安が原因で、戦いや争いから距離を置いていた。「戦いが嫌い」という言葉の真意はそういうことだ。

しかし、そうして戦いから距離を置き続けた結果……ルシラは純粋な意味でも戦いを恐れるようになったのだろう。

これればかりは、龍の力とは関係ない。

理不尽な運命に縛られているわけでもない。単純に……趣味趣向の話だ。

「ネ、ネット。毒魔龍を倒せたのは、嬉しいことだが……あれを見てくれ」

メイルが遠慮気味に声を掛ける。

本来なら勝《か》ち鬨《どき》を上げてもおかしくない状況だ。しかし、メイルの視線の先――クレーターの縁で沈黙する毒魔龍の周辺では、異変が起きていた。

毒魔龍の死体から、大量の毒が溢れ出ている。

ボロボロに崩れた鱗の隙間から、紫色の体液が垂れ流されていた。毒魔龍を中心に、地面はみるみる毒々しい色に染まり、このままでは数分もしないうちに俺たちがいる場所も浸食されてしまうだろう。

「……後片付けのことは、あまり考えていなかったな」

死してなお厄介な龍だ。

風馬で逃げれば、毒の浸食に追いつかれることはないだろうが……このまま放置すれば辺り一帯の土地が再利用不可能になってしまう。

「ルシラ。もう一度、息吹を使えないか？」

「無理じゃ。……正直、もう立っているだけで精一杯なのじゃ」

あれほどの威力だ。予想はしていたが、やはり消耗も激しい。

一番手っ取り早いのは、高威力の攻撃で毒魔龍の死体そのものを消し炭にしてやることだ。

しかしルシラはもう息吹を使えず、レーゼが持つ《栄光大輝の剣》のスキルでは僅かに威力が不足している。

「どうするべきか…………ん？」

頭を悩ませていると、ポーチの中で通信石が震動していることに気づいた。

このタイミングで誰が通信していたのか。気になった俺はすぐに通信に出る。

『お～！　ネット、久しぶりだなぁ！　やっと繋がったか！』

その声は――少し前までともに旅をしてきた男のものだった。

「ロイドか？　……久しぶりだな。てっきり通信石を取り上げられていると思ったが」

『そうそう、取り上げられてたんだよ！　だから買い直した！　ユリ……なんとかっていう、ネットの代わりに入った騎士には止められたんだけど、適当に縛っといたからもう大丈夫だ！』

ユリなんとかさんは今、身動きが取れない状態のようだ。

以前から思っていたが、今回の件、一番の被害者はそのユリなんとかさんかもしれない。

「そっちは魔王討伐の旅をしている最中だろ？　何か問題でもあったのか？」

『いや、問題があったのはそっちじゃねぇの？』

「ん？」

『リズの奴が、ネットにかけていた《護身衣》が解除された～～って、めちゃくちゃ騒いでたんだよ。そんで俺たち、ネットが危ない目に遭ってるかもしれねぇと思って、急いで通信石を用意したんだ』

なるほど。

そんな経緯だったのか。

「気持ちは嬉しいが、ちょっと遅かったな。もう解決した」

『え、マジ？　さっき《鷹《たか》の眼》で見たら、なんか紫色の蜥蜴《とかげ》が暴れてたから、一発でかいの撃っちまったんだけど』

「……は？」

ロイドの言葉を理解したくなくて、俺は一瞬だけ思考停止する。

次の瞬間——どこからともなく、黄金の斬撃が飛来した。

耳を劈《つんざ》く爆音とともに、三日月状の斬撃が毒魔龍の死体を消し飛ばす。

それはルシラの息吹に勝るとも劣らない威力だった。

斬撃が消えた後、毒魔龍の死体は跡形もない。

誰もが呆然《ぼうぜん》としている中……通信石の向こうで男が嬉しそうに騒ぐ。

『お、その音は届いたっぽいな！』

「あぁ……届いた。……結果的には、まぁ、助かった」

『じゃあ問題なしだな！』

終わりよければ全てよしとも言うが、だからといって過程を考えないのは如何《いかが》なものか。……と言ったところで、この男は聞かないのだ。俺はそれをよく知っている。

『いやー、なんか久しぶりだな、この感じ！　通信でやり取りしながら敵をぶっ倒すやつ！

『星屑の灯火団』もよかったけど、たまにはその前のメンバーでも冒険しようぜ！』

「……気が向いたらな。しばらく忙しくなりそうだから、一旦切るぞ」

『おう！』

かつての冒険仲間との通信を切断する。

背後を振り返ると、ルシラたちはまだ呆然としていた。

「あー……その、知人が後片付けをしてくれたみたいだ」

気まずい空気の中、俺は告げる。

「ネット……」

ルシラが、引き攣った顔で言った。

「……妾、頑張る必要あった？」

勿論だ――と、言いたいところだが。

この光景を前に、俺は断言することができなかった。

◇

インテール王国の国王は、執務室で頭を抱えていた。

「くそ……っ！」

机の上で山積みになった書類を睨む。

今朝、宰相が運んできたものだった。最早その内容は読まなくても分かる。

「賠償金が……賠償金が、多い……!!」

全て、勇者パーティが暴走した賠償に関する書類だ。どれだけ処理しても、翌日にはまたこれと同じ量の書類が届けられる。国王は軽くノイローゼになっていた。

扉がノックされる。

また宰相が勇者パーティの暴走を報告しに来たのかと身構えたが、すぐに落ち着きを取り戻した。今日の分の暴走はもう聞いた。これ以上、酷い話はないだろう。ある意味安心できる。

「入れ」

扉が開き、入ってきたのは案の定、宰相だった。

「陛下。エマ外交官が謁見を求めています」

「謁見？　目的は何だ？」

「ネットについての話がしたいようです」

忌々しい男の名を聞いた。その手に握るペンをへし折ってしまいたい衝動に駆られる。

だが最早、猫の手も借りたい状態だ。勇者パーティの扱いに関して、少しでも朗報を得られる可能性があるなら話を聞くべきだと判断する。

「……通せ」

宰相は頷き、扉を開いた。

エマ外交官が部屋の中に入る。薄紅色の髪を一つに纏めた、聡明《そうめい》な顔つきの女性だった。

「お久しぶりです、陛下」

「ああ。それで何の用だ？」

頭を下げるエマに、王は簡潔に尋ねる。

エマに関しては宰相の方が詳しい。王は彼女のことをあまり知らなかった。確か、東の大陸に派遣していたような気がするが……そんな彼女が何故ネットの話をしたいのか、王はまるで理解していない。

「陛下。ネットを勇者パーティから追放したという話は本当ですか？」

「ああ。……勇者パーティは国家の顔だ。あのような男に任せるわけにはいかんだろう」

当然のように王は告げる。

しかし、エマは溜息を吐いた。

「なんという、馬鹿なことを……」

「ば、馬鹿!? 貴様、今、私のことを何と言った!?」

「馬鹿と言いました」

憤慨する王。

しかしエマは萎縮することなく、額に手をやって悩ましげな顔をしていた。

「陛下。ネットがかつて所属していた冒険者パーティは知っていますか？」

「『星屑の灯火団』だろう？　そのくらい知っている！」

「では、その前身となったパーティは？」

「……前身？」

それは知らない情報だった。

眉間に皺を寄せる国王に、エマは溜息交じりに語り始める。

「かつて、史上最強と言われた冒険者パーティがあります」

口を閉ざす王に対し、エマは続ける。

「構成員はたったの七人……そのうちの五人は今も正体不明です。彼らは世界中の注目を浴びる中、突如解散し、姿を消してしまいました。……しかしそれでも、人々の記憶には、彼らの名前が強く刻まれています」

「……ま、まさか」

史上最強の冒険者パーティ。

構成員は七人。

その二つの情報さえあれば、誰でも答えに辿り着ける。一国の王から、辺境の村娘まで、老若男女あらゆる者たちがその冒険者パーティのことを知っていた。それだけ凄まじい知名度を誇るパーティは、歴史上ただ一つしか存在しない。

「『七耀の流星団』。……ネットは、その団長だった男です。彼の二つ名は――『変幻王《へんげんおう》』」

淡々と告げるエマ。

その説明を聞いて、王は椅子から立ち上がった。

「ば……馬鹿なッ！　ありえんッ!!」

王は声を荒らげる。

「『七耀の流星団』については、この私も知っている！　『変幻王』とは、あらゆる武術と魔法を使いこなす、万能の達人だったはずだ！　その正体がネットだと!?　……くだらん！　あのようなひ弱な男が『変幻王』であるわけないだろう!!」

王の言葉に、沈黙を貫いていた宰相は無言で首を縦に振った。

どう考えても、『変幻王』に関する情報とネットは結びつかない。しかし――。

「『変幻王』は、枠の名前でもあるんですよ」

「わ、枠……？」

「『七耀の流星団』は活動の際、団長のネットが、毎回目的に見合った協力者を一人呼ぶんです。その協力者が『変幻王』を名乗って行動する。……つまり『変幻王』とは、ネットが持つ外部協力者の枠そのものを指しています。……ネット自身が冒険に参加するケースは、半々だったとのことです」

なんだそれは、と一笑に付すこともできる意見だった。

しかし……辻褄《つじつま》が合う。『変幻王』は、あらゆる能力に長けた万能の達人だ。彼が持つ技能は、どれも人が一生を費やさねば得られないほど練り上げられている。その正体が、複数の達人の集合体であると言われれば……納得できる。

だが、その枠の所有者が、よりにもよってあのネットだということは……流石に納得し難《がた》い。

「仮に、あの男が『変幻王』だとして……どうして私に黙っていた？　最初からその名を告げれば、私も奴を追い出す必要はなかった」

「事情があります。彼は恐らく、もう自分から正体を明かすことはないでしょう」

不可解な回答を述べられる。

「では、何故……たかが外交官である貴様が、奴の正体を知っている」

「派遣先でたまたま、『変幻王』として活動しているネットと顔を合わせました。……以来、私は彼のファンです」

エマはどこか嬉しそうに言った。

しかし次の瞬間には、気を引き締める。

「……ファンだからこそ、今まで彼を気遣って口を固くしていました。しかし最早、そのような状況ではありませんし……あるいはこのタイミングで私が打ち明けることも、彼にとっては想定通りかもしれませんね……」

後半は独り言のように小さな声で呟く。

だが、そんなエマの言葉に、国王は光明を見る。

正体を隠しているなら——それを知っている自分は、奴の弱みを握っていることにならないか？

ならばそれを交渉材料にできるかもしれない。

国王は下卑た笑みを浮かべる。しかし、そんな国王の考えを見透かしたエマは告げた。

「言い触らしたところで、誰も信じませんよ」

鋭い指摘だった。

確かにそうだ。未だに自分ですら信じ難いと思っているのに……ネットの正体は『変幻王』であるなどと言ったところで、一体、誰が鵜呑《うの》みにするというのだ。

ネットが『変幻王』であるという情報は、脅迫の材料にはならない。

それを思い知る。

「ほ、本当にあの男は……『変幻王』なのか？」

王は、震える声でエマに訊いた。

「はい。でなければ、あのような問題児だらけの勇者パーティを制御できません」

エマは淡々と告げた。

国王の額に脂汗が浮かぶ。キリキリと胃が痛みを訴える中、決意した。

「……宰相」

「は、はい」

「毒魔龍討伐の要請を、取り下げろ……」

「……は？」

疑問の声を発する宰相に、国王は怒りを発散させるかの如く怒鳴った。

「エーヌビディア王国の国王と通信を繋げ！　すぐに毒魔龍の件を取り下げるんだ!!　そして速やかに、ネットへ謝罪文を送れ！　……相手はあの『変幻王』だ。なんとしてでも抱え込まねばならない！　他所の国に渡してたまるものかッ!!」

毒魔龍の件を通して、ネットはインテール王国に狙われているという事実に気づいたはずだ。まずはすぐにその印象を払拭しなくてはならない。全身全霊で謝罪し、必要とあらば大量の金を渡す覚悟も抱く。

「万一、毒魔龍の討伐に成功してみろ！　いよいよ我々には弁明の余地がなくなってしまう！　討伐の件は手違いということにして、とにかく、我々がネットの命を狙っていたという事実を揉み消せッ!!」

王の叫びを聞いて、エマは「そんなことまでしていたのか」と顔を失望に染める。だが今の王には彼女に構っている余裕がない。

もし毒魔龍との戦いで犠牲者が出れば、ネットは間違いなくこの国を嫌悪する。

だが、討伐の期日である一週間まで、まだ数日残っている。毒魔龍ほどの敵と戦うとなれば、普通は期日ギリギリまで準備に時間を費やすだろう。

恐らくまだ戦いは始まっていない。

それなら、なんとか会話する暇はあるはずだ。そう高を括《くく》ろうとした王だが――。

――違う。

王は気づいた。

万一、毒魔龍の討伐に成功したら？　――何を馬鹿なことを。

相手はあの『変幻王』だ。

最強の冒険者パーティである『七燿の流星団』。その団長であった男にとって、毒魔龍の討伐はきっと万が一ではなく……。

「し、失礼いたします！」

ノックとともに扉が開き、この城で働く官僚の一人が入ってきた。

嫌な予感を抱く王に対し、男は緊張した面持ちで告げる。

「報告、いたします。……先刻、エーヌビディア王国にて、毒魔龍が討伐されたようです」

それはまるで――袂《たもと》を分かつ合図の如く。

引き留めようと伸ばした腕を、軽々と払われたかの如く。

王は今、完全に、ネットとの縁が切れたことを理解した。

受け入れ難い報告を受けた王は、しばしの間、思考を放棄する。

やがて、どうにか現実を受け入れた王は決心した。

「……勇者パーティを、解散せよ」

震える声で、王は告げた。

沈黙が部屋を支配する中、王は大きく口を開く。

「勇者パーティを解散せよ！　我が国は、魔王討伐から手を引く!!」

王は力一杯、叫んだ。

それは間違いなく、敗北宣言だった。

エピローグ

――『七耀の流星団』は、意図して作ったものではない。

俺が自分自身で勇者になることを諦め、色んな人たちの手を借りて生きるようになってから、一年が経過した頃。

ふと俺は、頼る相手に偏りが生まれていることに気づいた。

基本的に俺は、自力ではできないことを成し遂げようとする際、目的に適した協力者を選ぶようにしている。しかし当たり前の話ではあるが、高難度の目的を果たすためには、協力者も厳選しなければならない。難しい目的を達成するには、より優れた実力者に協力してもらう必要があった。

そうして、協力者の選定を繰り返しているうちに……俺は、ほぼ毎回頼りにしている相手がいることに気づいた。

その人数は六人。

彼らはどのような頼みでも気軽に受け入れてくれる寛容な者たちであり、尚且《なおか》つ、どのような困難にも屈しない実力者たちだった。

今まではその六人を、バラバラのタイミングで協力者に選んでいたが……ある日、遂に全員が合流した。

あれは天空に浮かぶ神殿——空中神殿の攻略を目指した時のことだ。空中神殿は非常に危険な場所であるため、俺は特別頼りになる六人の協力者を、全員呼んだのだ。

結果、俺たちはかつてないほど大きな成果を残した。

不思議なことに、六人の協力者と、彼らを呼んだ俺は、まるで全員が旧友であるかのように親しく過ごすことができたのだ。それは生活面だけではなく戦闘時の連携にも活《い》きた。俺たちの連携は以心伝心と言っても過言ではなく、どのような強敵が相手でも恐れることなく戦うことができたのだ。

きっと俺たちは、世界で最も気が合う七人だ。

誰かがそう口にしたわけではないが……恐らく全員がそう思っていただろう。

以来、俺たちはこの七人で行動することが多くなった。

これが——『七燿の流星団』の始まりである。

その後、俺たちは飛ぶ鳥を落とす勢いで冒険者としての名を上げ、やがて世界中にその実力を知らしめることになる。最初は適当だった役割分担も徐々に明確になり、俺が毎回新たな協力者を招くようになってからは、何故か『変幻王』などという訳の分からない二つ名をつけられるようになった。

全てが順調に思えた。

だが……どのような栄光にも終焉《しゅうえん》は付きものだ。

元々、俺たちは自由気ままに生きることが好きな集団だった。

しかし『七燿の流星団』として活動していると、徐々に周囲の者たちの目の色が変わってきたのだ。

「モンスターが出ても、この街には『七燿の流星団』がいるから安全だな」

「危険な依頼は『七燿の流星団』に任せたらいいんじゃないか？」

ちらほらと、そんな声が聞こえるようになっていた。

最初は誰かに頼られることが、それなりに嬉しいと感じていた。だがその数が増えると……いつの間にか、彼らは当たり前のように俺たちに守られる日々を享受するようになった。

冒険者パーティ『七燿の流星団』は、世界的に有名な組織である。

俺たちに対する共通認識は、一つの街や国だけに留まらない。いつしか世界中の人々が、そのような目で俺たちを見るようになってしまったのだ。

六人の仲間たちは皆、自由気ままな性分だ。

そんな彼らが最も嫌うものは束縛。だというのに、気がつけば俺たちは、世界中から束縛される身となっていた。

そして、ある日。

俺たちが冒険のために街を出ると、丁度そのタイミングでモンスターが街を襲撃する事件が起きた。暴れ回るモンスターに対し、住民たちは為《な》す術《すべ》がなく、街は盛大に破壊されてしまった。

モンスターが去った後。

冒険から帰ってきた俺たちに、街の人々が浴びせたのは――。

「お前たちが街を出ていったせいで、こうなったんだ！」

「どうして、この街にいてくれなかったんだ!!」

まさに罵詈雑言《ばりぞうごん》の嵐。

彼らの言葉を聞いた時――俺は、終わったと思った。

街の警備は俺たちの責任ではない。つまりこれは完全な責任転嫁だ。

だが、気がつけば俺たちは、世界規模で「責任転嫁してもいい組織」として認識されていた。

何処に行っても似たような経験をしてしまう。人々は『七耀の流星団』を、都合の良い英雄のように考えていたのだ。それもきっと、無自覚に。

だから、俺は決意した。

冒険が終わり、各々が落ち着いた頃。俺は六人を呼んで、決意を表明した。

「一度……『七耀の流星団』を解散しようと思う」

六人に向かって、俺は告げた。

「元々、俺たちは好き勝手に生きてきたはずだ。でも最近、それができないのは……俺たちが突出しすぎたからだ」

そう。──俺たちは強すぎた。

俺以外の六人はただでさえ優秀だ。その六人が抜群の連携を発揮すれば、追随できる者などいない。更に俺も彼らの技能を伸ばすために、世界中から講師を招いたり、踏み台になりそうな依頼を片っ端から受注したりしていた。

結果、俺たちは強くなりすぎた。……目立ちすぎてしまった。

だから、多大な有名税が生じてしまったのだ。

「……少しだけ、時間を置こう」

自身の考えを皆に伝える。

「きっとこの世界には、俺たち以外にも凄い奴らが沢山いる。……時間さえ経てば、彼らも俺たちと同じくらい有名になるはずだ」

顔が広い俺だからこそ、それを知っていた。

俺たちは破竹の勢いで名を上げたからこそ、有名になった。けれどしばらく待てば、次々と他の者たちも台頭してくると考えた。

「それからだ。……世界中の人間が、『今更お前たちなんていらねーよ』って口にする頃、俺たちはまた集まろう」

それまでは、お別れだと告げて。

俺たちは一度、別々の道を歩むことにした。

これが『七燿の流星団』の、成り立ちから解散までの流れである。

勘違いしてほしくないが、俺たちは別に冒険が嫌になったわけではない。ただ、『七燿の流星団』のメンバーで活動すると、どうしても目立ってしまう。それが駄目だったのだ。

だからしばらくの間は正体を隠し、別々で活動することにした。

いずれ、俺たちを超えるようなパーティが現れると信じて……。


まあ────まっっっっったく、期待通りにはならなかったが。


あれから一年が経過した現在。『七燿の流星団』の名声は未だに衰えることなく、俺たちに追随するパーティも現れていない。

当事者の視点ではどうしても分からないものがある。……まさか『七燿の流星団』が、ここまで世界に影響を与えていたとは思わなかったのだ。俺たちは、俺たちが思っている以上に強く、人々から尊敬されていた。

パーティ解散後、俺は仲間たちと分かれてしばらく一人旅をする予定だった。しかし、ある日いきなり『七燿の流星団』の一員であるロイドが「ネットと一緒にいた方が楽しそう」という、実にふんわりとした理由で同行する羽目となった。こうして俺の旅はお守《も》りと化した。

その後、俺とロイドを中心に作ったパーティが『星屑の灯火団』である。流星が砕けて分かれたら星屑という、我ながら安直なネーミングセンスだ。

人助け中毒のロイド、強い相手と戦うことしか興味がない戦士、知識のためなら倫理の壁すら越えてしまう魔法使い、蘇生《そせい》しか使えず蘇生以外に興味がない僧侶。『星屑の灯火団』のメンバーは『七燿の流星団』に負けず劣らずの個性派ばかりだった。しかし実力だけは優れていたため、どうにか手綱を握っているうちに、徐々に名を上げることができた。馬鹿と天才は紙一重と言うが、英雄と問題児も紙一重なのかもしれない。

今後、『七燿の流星団』に追随するパーティが現れるとしたら、『星屑の灯火団』……改め、インテール王国の勇者パーティが第一候補となるだろう。その実態はただの問題児集団だが、知名度だけならいずれ追いつくと思う。

だがそれも今後の話。

今はまだ……仲間たちと合流できない。

かつての仲間、『七燿の流星団』のメンバーたちのことを思い出す。彼らは皆、元気にしているだろうか。……元気なのは間違いない。鑑定士ギルドの優先案内者カードの動きを見ればよく分かる。彼らは好き勝手に世界中を旅しているようだ——俺の名義を使い続けて。

「──ネット、こっちじゃ」

ルシラの声が聞こえた俺は、そこで思考を切り替える。

王城の廊下を歩きながら、俺は隣にいるルシラに視線を注いだ。『七燿の流星団』や『星屑の灯火団』の仲間たちと比べれば、ルシラなんて優等生のようなものである。

昨日。毒魔龍を倒した俺たちは、すぐ王城に戻り、その日は休養に費やした。

そして一晩が過ぎた今日。王城の客室に泊まっていた俺は、ルシラから「父上がお主に話があるようじゃ」と告げられたのだ。

こうして俺は今、ルシラとともに謁見の間へと向かっている。

「しかし、なんで俺がこの国の王様に呼ばれるんだ？」

「それは勿論、毒魔龍の件じゃろうな」

まあそれはそうか、と俺は納得する。

元々インテール王国から毒魔龍討伐の要請を受けたのは、この国の王だ。俺に訊きたいことは山ほどあるだろう。……話が長くならなければいいが、と内心で思う。

「ルシラ。龍化病の経過はどうだ？」

「もうすっかり問題ないのじゃ！　あれから発作も起きておらんし、龍化の力も今は自由にコントロールできておる！　……こんな感じじゃ！」

ルシラが右腕の手首から先を龍化してみせる。

突然、龍の爪が現れて、俺は「おぉ」と驚きの声を零した。

「……こんなふうに、気軽に龍の力が使えるようになるとは、思わなかったのじゃ」

ルシラが微笑みながら言う。

毒魔龍が討伐されたというニュースは、既に国中に広まっていた。……同時に、ルシラが龍化病を患っていたことも公にされている。『白龍騎士団』が証人ということもあり、国民たちはそれらの情報を信頼し、各々嚙み砕いている最中のようだ。

「病原となる龍を倒した後も、定期的に龍化したい欲求に駆られるはずだ。但し、今までの発作のように苦しむことはないし、数日くらいなら我慢もできる。……これからは、朝のストレッチのついでに、身体を龍化するような習慣でもつければいい」

「うむ、そうすることにしよう。……しかし今更じゃが、何故ネットはそんなに龍化病について詳しいのじゃ？」

「ルシラの他にも、龍化病の知り合いがいるからな」

「……お主は本当に、顔が広いのう」

どうりで怯えんはずじゃ、とルシラは呟く。

などと会話しているうちに、俺たちは謁見の間に辿り着いた。

扉を開くと、大きな椅子に優しい顔つきの男が座していた。髪はどちらかと言えば長めで、聡明そうな目つきをしている。皺はあまり刻まれておらず、全体的に若く見えた。

「よくぞ来た」

王の第一声は穏やかな声音で発せられた。だがそれはどこか力強く、謁見の間に響き渡る。

インテール王国の国王とはまた違った方向性の貫禄《かんろく》を持つ男だ。

ルシラの隣で、俺は頭を下げる。

用件は何だろうか、と王の言葉を待っていると、

「ルシラ、下がっていなさい」

王はルシラに部屋から出るように促す。

顔を下げているため、ルシラの表情は見えないが……ルシラは十秒ほど悩んだ末、不安げな足取りで謁見の間を後にした。

沈黙が滞る。

そのまま頭を下げ続けていると、やがて王は気が抜けたかのように小さな吐息を零した。

「顔を上げてくれ。……娘と同様、私も堅苦しい空気が好きではなくてね」

「……はぁ」

言われた通りに頭を上げる。

先程と比べて、王の表情は柔和なものになっていた。堅苦しい空気が好きでないというのは本心からの言葉だったらしい。

「ラウマン＝エーヌビディアだ。朝早くに呼び出してすまない」

気さくな態度で、王は言う。

「ネット＝ワークインター。……毒魔龍の討伐、感謝する。正直なところ、まさか討伐できるとは思わなかった」

「ありがとうございます。ですが感謝なら、俺ではなく『白龍騎士団』とルシラにするべきです」

「……謙虚な男だな」

恐らくルシラから事の顚末《てんまつ》は聞いているのだろう。

それでも結局、俺は戦いにほとんど参加していない。今回の件で最も褒められるべき人物は、己の殻を破って戦場に赴いたルシラだ。

「既に娘から話は聞いているだろう。私は、我が身可愛《かわい》さのために君の命を売ろうとした。……君には私を恨む権利がある」

神妙な面持ちで王は告げた。

その沈んだ様子は決して演技ではないだろう。俺を拘束しようとした時のルシラと同じように、きっとこの男も良心の呵責に苛《さいな》まれていたのだ。

「確かに、複雑な気分ではありますが……余所者《よそもの》の命一つで、国の外交問題を避けることができるんです。誰だって陛下の立場になれば、同じことをしますよ」

そう答えると、王は頼りなく微笑する。

「謝って済む問題ではないが……本当に申し訳ない。私も、焦っていたんだ」

王は頭を下げた。

ただの平民に対して、ここまで誠意を見せる王は稀《まれ》である。しかし俺はそんな王の態度よりも、王が告げた言葉の方が気になった。

焦る？　――何を？

インテール王国の要求は単純だ。一週間以内に、俺と毒魔龍をぶつけること。……期日は短いように感じるが、国王の権力があれば、そのくらい簡単に実現できるだろう。配下の騎士たちに俺を拘束させ、毒魔龍の巣まで連行すればいいだけだ。別に焦るほどのことではない。

国王が焦っていたのは……毒魔龍の件ではない？

だとすれば、それはきっと――。

「貴方は、最初からルシラが龍化病であると知って――」

「――それ以上は言うな」

王は己の失言を悟ったのか、若干後悔したような顔で、俺の言葉を遮った。

唇を引き結んだ俺は、改めて豪奢な椅子に座す男の顔を見る。

それは一国の命運を背負う王の顔であると同時に……一人の娘を大切に想《おも》う、父親の顔でもあった。

「娘は、優しい子だ。自分のために誰かが傷つくことを受け入れられない。それなら……無知を装うしかないだろう？」

そういうことか、と俺は納得する。

メイド長のヘルシャが、ルシラの龍化病に気づいていたように……この王も最初から気づいていたのだ。

王の言う通り、ルシラは自分のせいで他人が傷つくことを拒む。「龍化病を治すために連合軍を編成し、毒魔龍を討伐する」なんて言えば、ルシラは間違いなく止めにかかるだろう。その戦いで死人が出れば、ルシラは「自分のせいで誰かが死んだ」と考え、酷く落ち込むはずだ。

だから、王は龍化病について何も知らないフリをしたのだ。

そうすれば、少なくともルシラの負担にはならないから。

「事情は、理解しました」

王は焦っていたのだ。

ルシラの龍化病が、既に限界まで進行していると知っていたから――。

だから俺に一縷《いちる》の望みを託したのだろう。

きっと不可能だと分かってはいても、最早、そうすることくらいしかできなかったのだ。

「報酬は何が欲しい？」

唐突に、王は切り出した。

「娘から君の活躍は聞いている。だから謙遜する必要はない。……何か、欲しいものはないか？」

その問いに、俺はほんの少しだけ悩んでから答えた。

「でしたら、連絡先を交換してください」

「……連絡先？」

「今後、何か相談したい時があれば通信させていただきます。……勿論、公務の邪魔にならないよう注意する所存です」

そう告げると、王は小さく笑った。

「娘が言っていたな。……ネットという男は、とてつもない人脈を持っているとか」

その言葉を聞いて、俺も笑みを浮かべた。

「それが俺の、武器ですから」

◆

謁見の間から出ると、ルシラが心配そうな顔つきでこちらに近づいてきた。

「ど、どうじゃった……？　怪我とかは、しておらんか……？」

「怪我？　話し合いで怪我なんてしないだろ」

「それは、そうじゃが……ネットはきっと、父上に恨みがあるし……最悪、殴り合いになるかと思ったのじゃ」

随分と飛躍した発想だ。

思わず苦笑する。

「あいにく、俺は喧嘩《けんか》が弱いから、そういうことは滅多にしない」

自分の弱点は嫌というほど理解している。

憂さ晴らしのためだけに、身体を張る気はない。

「それに……ルシラの父親は、いい王様だと思うぞ」

そう告げると、ルシラは目を丸くした後、嬉しそうな顔をした。

「と――当然じゃっ！　なにせ、妾の父上じゃからのう!!」

ルシラは得意気に胸を張って言う。

あの王様は、一国の長としての責務と、父親としての感情を貫いていた。その優先順位に間違いはないと思う。俺にとっては不都合だったが、代わりに連絡先が手に入ったので、ただでさえ少なかった複雑な気持ちも今や皆無となっていた。

毒魔龍の討伐を巡って色々なことがあったが……ルシラも本心では、父親のことを尊敬していたのだろう。明るい表情を浮かべるルシラを見て、俺は改めてここ数日のゴタゴタが無事に片付いたことを実感した。

「ネット、ここにいたか」

ふと、背後から声を掛けられる。

見れば廊下の向こうから、メイルが早足でこちらに向かってきていた。

途中で俺の隣にルシラがいると気づいた彼女は、俺たちの前で立ち止まりお辞儀する。

「ルシラ殿下、おはようございます」

「うむ。おはようなのじゃ」

簡単な挨拶が済んだ後、俺はメイルが何か冊子のようなものを持っていることに気づいた。

「メイル、その手に持っているのは何だ？」

「今朝の新聞だ。お前に見せようと思って持ってきた」

「俺に？」

「ああ。興味深い記事が三つ載っている」

三つ？　と首を傾げながら、俺は新聞を受け取った。

一番目立つ見出しの記事から順に読み進める。

——毒魔龍討伐！　ルシラ殿下に宿る龍の力！

まあこれは、記事になるだろうと思っていた。

なにせ毒魔龍は、近隣諸国にとって共通の脅威である。そのため毒魔龍の討伐はあらゆる国にとって喜ばしい事実だ。……表向きには。

「これで……毒魔龍が政治利用されることもなくなったな」

小さな声で呟くと、ルシラとメイルは無言で頷いた。

恐らく今回のインテール王国のように、諸外国の中には、毒魔龍の政治利用を目論《もくろ》んでいる輩もいただろう。だが毒魔龍を討伐したことで、それらを未然に防ぐことができた。

エーヌビディア王国は、毒魔龍という国際的な弱点を克服することができたのだ。これは快挙と言っても過言ではない。

続いて、俺たちは二つ目の記事を読む。

——人類最強ランキング、監修は大賢者と叡智王。

その記事には、百人の人物名がズラリと並んでいた。

俺とルシラにとっては、見覚えのあるものだ。

「やっぱり、載ったか」

「妾の名前も書いてあるのじゃ」

記事には、大賢者と叡智王の歴史的な共同作業と書かれていた。但しこのランキングが作成された経緯や、ランキングの意図に関しては一切不明とされている。勿論、俺に関する情報も記されていない。多くの人々にとって、この記事は興味深いものであると同時に、不思議なものでもあるだろう。

「しかし……一つ目の記事もそうだが、こんな記事を載せると、殿下が目立ちすぎてしまうのではないか？　これでは、殿下の戦力を借りたいと言う者が続出してしまう気が……」

メイルが懸念を口にする。

戦いを恐れるルシラにとって、戦いへの参加の要請は負担が大きい。ルシラも今になってその事実に気づいたのか、先程までの明るい表情から神妙な面持ちとなった。しかし――。

「それはないと思うぞ。……ここ、よく読んでみろ」

俺は一つ目の記事を指さして言った。

記事の最後。締め括りとなる部分を、メイルが声に出して読み上げる。

「……『白龍騎士団』の団長レーゼ＝フォン＝アルディアラによると、毒魔龍を倒したルシラ殿下は人の姿に戻った後、盛大に泣きじゃくったようだ。戦いが怖いと泣き叫ぶその姿は、まるで年端もいかない子供のようで――」

「な、な、ななな、なんてことを書いておるんじゃっ⁉」

ルシラは顔を真っ赤にして叫んだ。

「ここまで書かれているなら、誰もルシラを戦いに参加させようとは思わないだろう」

「ぐぬぬ……そ、そうかもしれぬが、これでは妾が弱虫みたいではないか‼」

「実際そうだろ」

「むぬぅ……‼」

ルシラは非常に複雑そうな表情を浮かべた。

この記事によって、ルシラが戦いを泣くほど苦手としていることが公になった。これで世論もある程度は味方してくれるはずだ。万一、誰かがルシラを戦いに招こうとすると、「殿下が可哀想《かわいそう》だろう！」という声が上がるだろう。

（まあ……その文面を考えたのは俺なんだが）

あらかじめレーゼに、記者から取材を受けたらそのように答えてくれと頼んでいたのだ。メイルやルシラたちには知られても問題ないが……この分だと内緒にした方がよさそうだ。

「ネット。三つ目の記事を見てくれ」

メイルに言われ、俺は三つ目の大きな見出しを読んだ。

そこに書かれている内容は、俺に大きな影響を与えるものだ。

――インテール王国、勇者パーティ解散。

記事によると、昨日のうちにインテール王国の国王がそう宣言したらしい。それが今朝、他国であるエーヌビディア王国の新聞に載っているというのだから、かなり迅速に進められたことなのだろう。

「……そうか」

どうやら『星屑の灯火団』が前身となった勇者パーティは解散されるらしい。

俺はどうするべきか。また彼らと連絡を取り合って、合流した方がいいだろうか。

いや……そんなこと、しなくてもいいか。

あいつらのことだから、旅に出た以上、当分は戻ってこないだろう。「せっかくだからこのまま魔王城まで行ってくる！」とか平然と言いそうだ。

「妾が知る限り、勇者パーティがこんなに早く解散したのは初めてじゃな」

隣で新聞を覗き見るルシラが言った。

記事の内容も、インテール王国に対する批判が多い。

「そう言えば、エーヌビディア王国はまだ、勇者パーティを派遣していなかったよな？」

「うむ。我が国にとっては、魔王よりも毒魔龍の方が脅威じゃったからのう」

ルシラが答える。

「毒魔龍が脅威だった、ということは……」

「うむ！　エーヌビディア王国も、これから勇者パーティの募集を始めるのじゃ！」

ルシラはどこか楽しそうに言った。

「というわけで、ネット。お主に頼みたいことがある」

「頼みたいこと？」

唐突な提案に、俺は目を丸くした。

ルシラは不敵な笑みを浮かべ、告げる。

「お主には——勇者パーティ選抜試験の審査員をやってほしいのじゃ!!」

選抜試験の審査員。

不意に転がり込んできたその話に、俺は思わず苦笑してしまった。

もし俺がこの提案を受け入れたら……一時期とはいえ勇者を目指していた俺が、今度は勇者を選ぶ側に回るわけだ。
実に皮肉な人生である。
しかし……不思議と悪い気はしない。
それはきっと、俺が今の生き方に満足しているからだろう。
——なんだ。
未練は思ったよりもなかった。辛いとも悲しいとも感じない。
その理由の一つは、目の前にいる少女だろう。
俺は勇者にはなれない。世界を救う英雄にはなれない。
けれど、困っている少女に手を差し伸べることくらいなら、できるらしい。
それで十分だ。
目の前でルシラが笑ってくれるだけで、俺は報われた気持ちになる。
世界なんて背負わなくても、人は誇りを抱けるのだ。
「……また、色んな人と出会えそうだな」
首を縦に振ると、ルシラの目がキラキラと輝いた。

あとがき

坂石遊作《さかいしゆうさく》です。

この度は本書を手に取っていただきありがとうございます。


本作は人脈を武器に戦う主人公のお話です。

今このページを読んでいるあなたの年齢を私は存じませんが、私が「人脈は武器になる」という事実に気づいたのは、大人になってからです。

学生時代は、人脈が武器だなんて思っていませんでした。大体クラスに一人くらい、友達が多い人気者がいましたが、その人を傍から見ても「まあ顔が広いと何かと便利だろうし、色んな人と遊べるから楽しいんだろうなぁ」程度にしか感じていませんでした。大学生の就職活動でも「人脈は大事だぞ！」と散々言われましたが、特に人脈の重要性を実感することなく就活は成功しました。「人脈いらんがな～！」と友人と話していたことを覚えています。

ところが作家になってから、人脈の重要性に気づく場面が多々ありました。

作家は基本的に個人事業ですので、情報交換をしようとすれば、まず誰かと関係を築くことから始めなければいけません。これはサラリーマンと違うところです。

つまり私にとってはそれが初めて本気で人脈を意識した切っ掛けになったのですが、いざ人脈を築くと想像以上にありがたいものだと感じました。情報交換は勿論、既存の人間関係ではできない新しい話題の雑談をしてインスピレーションを得たり、一緒に遊んでストレス発散したり、仕事について助けていただいたりと、色んな場面で私を支えてくれました。

人脈って、実際に手に入れないと、そのありがたさが分かりにくいのかもしれません。「うわ～、人脈って思ったより大事じゃん」と感じる機会が最近多かったからこそ、自然と本作が生まれました。昨今はコネという言葉で、少し悪い印象を抱かれることもある人脈ですが、正しい付き合い方をすれば、とてもありがたいものであり、そしてかっこいいものだと私は思います。本作を通して、その魅力を皆さんに伝えることができれば幸いです。

人脈って、とてもかっこいい武器だと私は思います。

【謝辞】

本作の執筆を進めるにあたり、編集部や校閲など、ご関係者の皆様には大変お世話になりました。Ｎｏｙ先生、素敵なイラストを作成していただきありがとうございます。魅力的なキャラクターは勿論、世界観を大事にした背景も描いていただきとても嬉しいです。

最後に、本書を手に取っていただいた皆様へ、最大級の感謝を。

電撃の新文芸

人脈《じんみゃく》チートで始《はじ》める人任《ひとまか》せ英雄譚《えいゆうたん》
～国王《こくおう》に「腰巾着《こしぎんちゃく》」と馬鹿《ばか》にされ、勇者《ゆうしゃ》パーティを追放《ついほう》されたので、他国《たこく》で仲間《なかま》たちと冒険《ぼうけん》することにした。勇者《ゆうしゃ》パーティが制御《せいぎょ》不能《ふのう》で大暴《おおあば》れしてるらしいけど知《し》らん～

著者／坂石遊作《さかいしゆうさく》
イラスト／Noy《ノイ》

2021年7月17日　初版発行

発行者／青柳昌行
発行／株式会社ＫＡＤＯＫＡＷＡ
〒102-8177　東京都千代田区富士見2-13-3
0570-002-301（ナビダイヤル）
印刷／図書印刷株式会社
製本／図書印刷株式会社

【初出】……………………………………………………………………………………………………
本書は、小説家になろう(https://syosetu.com/)に掲載された
『人脈チートで始める人任せ英雄譚 ～国王に「腰巾着」と馬鹿にされ、勇者パーティを追放されたので、他国で仲間たちと冒険することにした。勇者パーティが制御不能で大暴れしてるらしいけど知らん～』を加筆、修正したものです。

ISBN978-4-04-913826-9　C0093　Printed in Japan

ファンレターあて先
〒102-8177
東京都千代田区富士見2-13-3
電撃の新文芸編集部

「坂石遊作先生」係
「Noy先生」係

異修羅Ⅰ

新魔王戦争

**全員が最強、全員が英雄、
一人だけが勇者。“本物”を決める
激闘が今、幕を開ける――。**

魔王が殺された後の世界。そこには魔王さえも殺しうる修羅達が残った。一目で相手の殺し方を見出す異世界の剣豪、音すら置き去りにする神速の槍兵、伝説の武器を三本の腕で同時に扱う鳥竜の冒険者、一言で全てを実現する全能の詞術士、不可知でありながら即死を司る天使の暗殺者……。ありとあらゆる種族、能力の頂点を極めた修羅達はさらなる強敵を、“本物の勇者”という栄光を求め、新たな闘争の火種を生みだす。

著／珪素
イラスト／クレタ

電撃の新文芸

超世界転生エグゾドライブ01

—激闘！　異世界全日本大会編—〈上〉

著／珪素
イラスト／輝竜 司
キャラクターデザイン／zunta

一番優れた異世界転生ストーリーを決める！
世界救済バトルアクション開幕！

　異世界の実在が証明された20XX年。科学技術の急激な発展により、異世界救済は娯楽と化した。そのゲームの名は《エグゾドライブ》。チート能力を４つ選択し、相手の裏をかく戦略を組み立て、どちらがより迅速により鮮烈に異世界を救えるかを競い合う！　常人の9999倍のスピードで成長するも、神様に気に入られるようにするも、世界の政治を操るも何でもあり。これが異世界転生の進化系！　世界救済バトルアクション開幕！

野生のＪＫ柏野由紀子は、異世界で酒場を開く

著／Ｙ・Ａ
イラスト／すざく

TVアニメ化もされた
『八男って、それはないでしょう！』
の著者が贈る最新作！

『野生のJK』こと柏野由紀子は今は亡き猟師の祖父から様々な手ほどきを受け、サバイバル能力もお墨付き。

そんな彼女はひょんなことから異世界へ転移し、大衆酒場『ニホン』を営むことに。由紀子自らが獲った新鮮な食材で作る大衆酒場のメニューと健気で可愛らしい看板娘のララのおかげで話題を呼び、大商会のご隠居や自警団の親分までが常連客となる繁盛っぷり。しかも、JK女将が営む風変わりなお店には個性豊かな異世界の客たちが次々と押し寄せてきて！

電撃の新文芸

Unnamed Memory Ⅰ

青き月の魔女と呪われし王

読者を熱狂させ続ける
伝説的webノベル、
ついに待望の書籍化!

「俺の望みはお前を妻にして、子を産んでもらうことだ」
「受け付けられません！」
　永い時を生き、絶大な力で災厄を呼ぶ異端——魔女。強国ファルサスの王太子・オスカーは、幼い頃に受けた『子孫を残せない呪い』を解呪するため、世界最強と名高い魔女・ティナーシャのもとを訪れる。“魔女の塔”の試練を乗り越えて契約者となったオスカーだが、彼が望んだのはティナーシャを妻として迎えることで……。

著／古宮九時
イラスト／chibi

傷心公爵令嬢レイラの逃避行 上

溺愛×監禁。婚約破棄の末に
逃げだした公爵令嬢が
囚われた歪な愛とは――。

　事故による２年もの昏睡から目覚めたその日、レイラは王太子との婚約が破棄された事を知った。彼はすでにレイラの妹のローゼと婚約し、彼女は御子まで身籠もっているという。全てを犠牲にし、厳しい令嬢教育に耐えてきた日々は何だったのか。たまらず公爵家を逃げ出したレイラを待っていたのは、伝説の魔術師からの求婚。そして婚約破棄したはずの王太子からの執愛で――？

著／染井由乃
イラスト／鈴ノ助

電撃の新文芸

EDGEシリーズ

神々のいない星で

僕と先輩の惑星クラフト〈上〉

チョイと気軽に天地創造。
『境界線上のホライゾン』の
川上稔が贈る待望の新シリーズ！

気づくと現場は１９９０年代。立川にある広大な学園都市の中で、僕こと住良木・出見は、ゲーム部でダベったり、巨乳の先輩がお隣に引っ越してきたりと学生生活をエンジョイしていたのだけれど……。ひょんなことから“人間代表”として、とある惑星の天地創造を任されることに!?　『境界線上のホライゾン』へと繋がる重要エピソード《EDGE》シリーズがついに始動！　「カクヨム」で好評連載中の新感覚チャットノベルが書籍化!!

著／川上稔
イラスト／さとやす（TENKY）

電撃の新文芸

GENESISシリーズ

境界線上のホライゾン NEXT BOX

序章編

著／川上稔
イラスト／さとやす（TENKY）

**ここから始めても楽しめる、
新しい『ホライゾン』の物語！
超人気シリーズ待望の新章開幕!!**

あの『境界線上のホライゾン』が帰ってきた！
今度の物語は読みやすいアイコントークで、本編では有り得なかった夢のバトルや事件の裏側が語られる!?
さらにシリーズ未読の読者にも安心な、物語全てのダイジェストや充実の資料集で「ホライゾン」の物語がまるわかり！　ここから読んでも大丈夫な境ホラ（多分）。それがNEXT BOX！　超人気シリーズ待望の新エピソードが電撃の新文芸に登場!!

電撃の新文芸